KB113514

행복하려거든 생각을 바꿔라

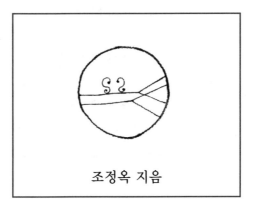

조정옥 지음

철학과 현실사

행복하려거든 생각을 바꿔라

행복감 그러니까 마음의 평안과 만족감은 외부의 상황보다는 자기 안의 눈에 의해서 만들어진다. 똑같은 상황이라도 사물을 바라보는 눈에 따라 만족감으로 충만하기도 하고 때에 따라서는 불만족으로 어두워지기도 한다. 불만족은 발전의 원동력이기도 하지만 힘의 저하라는 부작용을 낳는다. 반면에 만족감은 힘과 평안을 줌으로써 오히려 앞으로 나갈 수 있게 해준다.

"저 사람은 돈이 저렇게 많으니 복도 많지…" 과연 이런 말을 듣는 사람이라고 해서 반드시 행복할까? 전혀 그렇지 않다. 반대로 "저 사람은 시험에서 떨어졌으니 얼마나 불행할까?" 이런 말을 듣는 사람이라고 해서 정말 불행할까? 그것 역시 그렇지 않다. 행불행, 만족 불만족은 각자의 내부에 자리잡고 있는 렌즈에 달린 것이기 때문이다. 타인들의 판단이 어떻든지 간에 자기 자신이 불행하다면 불행한 것이고 스스로가 행복하다면 행복한 것이다. 간단히 말하면 행복하고 싶다면 자기 안의 렌즈를 바꿔야 한다. 렌즈란 세상을 보는 관점, 안목, 생각, 판단의 방향이다. 이 책은 그렇다면 렌즈를 어떻게 바꿔야 하는지를 말하고자 시도했다.

이 책은 십 년 전에 출간된 『기분 나쁠 때 읽는 책』에 부록을 추가한 것이다. '행복하려거든 생각을 바꿔라'는 출간 당시의 이 책의 부제였다. 사람들이 종종 웃으면서 내게 묻곤 했다. "과연 기분 나쁠 때 책을 읽을 수 있을까요?" 나는 대답했다 "이 책은 기분 나쁘기 전에 읽어 둬야 할 책이에요." 사람이 생각의 구조를 갑자기 바꿀 수는 없다. 미리 긍정적인 사고의 습관을 만들어야 한다. 그렇게 해서 애초부터 본래의 불쾌감보다 낮은 불쾌감이 생겨나는 것이다. 이미 기분이 좋지 않다면 책을 읽기보다는 음악을 듣거나 영화 또는 그림 등을 접하는 것이 좋다. 이 책의 부록은 그런 의미에서 보완되었다.

끝없는 추구라는 인간의 본성에 불만족의 원인이 있고 따라서 삶에는 만족보다 불만족이 많게 마련이다. 그러나 불만족을 최대한 줄여 보도록 노력하는 것은 무의미하지 않고 적지 않은 효과도 있다. 이 책이 그런 노력에 많은 보탬이 되기를 바란다.

2009. 9월 저자 조정옥

1부

레몬같이 쓰면서도
향기로운 삶

1. 불쾌감에 대하여

우리의 영혼은 맑았다가도 돌연히 소나기가 내리는 변덕스러운 하늘이다. 때로는 답답하고 아스라한 보슬비, 뚝 뚝 느리게 떨어지는 슬픔의 가을비가 그리고 때로는 괴로움의 소낙비, 절망의 천둥번개가 내려온다. 때로는 파란 하늘이 한 조각씩 떨어져 영롱한 새가 되어 날아든다.

지금 그대의 영혼은 어떤 날씨입니까?
소낙비를 그대로 맞고 계실 겁니까?
그대의 소낙비는 그대 스스로 멈추게 할 수 있습니다.
어떻게냐구요?
간단히 말하면 생각을 바꾸면 됩니다.

불쾌감이란 무엇인가

날씨가 수시로 변화하듯이 우리의 감정도 끊임없는 변화의 와중에 있다. 날씨에 대한 정확한 예측이 불가능하듯이 감정도 그렇다. 어떤 변수가 나타나서 어떻게 작용할지 알 수 없기 때문이다. 감정은 날씨와 같은 카오스(혼돈) 현상이다. 그러나 카오스 역시 단순한 우연이 아니라 거기에는 명시적으로 법칙화할 수 없는 나름대로의 법칙과 원인이 숨어 있다.

바늘에 찔리는 아픔과 잘 익은 과일맛의 상쾌함, 성적쾌감 같은 육체적 쾌락과 고통이 있다. 이것은 육체의 한 부분에서 일어나는 느낌이다. 정신적 단계에도 유쾌와 불쾌가 있다. 어떤 얼굴이나 집에 대한 쾌,불쾌느낌, 기쁨과 슬픔, 즐거움과 괴로움, 행복과 절망이 그것이다. 이것은 육체의 어느 부분에서 일어난다고 꼭 집어서 말할 수 없는 느낌들이다.

쾌,불쾌는 우리 주관의 자발적 활동에 의해서 일어나는 것이 아니라 바깥 사물과 인간에 의해 일으켜지는 수동적이고 피동

꽃비가 쏟아지고

적인 것으로 알려져 있다. 그러나 우리 주관은 텅빈 허공이 아니라 나름의 무늬를 가지고 있다. 그 무늬에 따라 똑같은 사물에 대한 각자의 느낌과 기분이 달라지는 것이다.

우리를 불쾌하게 하는 것들

살다보면 우리를 불쾌하게 하는 것들이 너무나도 많다.

친한 친구가 아무런 이유없이 화를 낼 때, 일이 자꾸 꼬일 때, 길에서 술 마시고 행패 부리는 사람을 볼 때, 술 마시고 구토하는 사람을 볼 때, 누군가 버스 안에서 손잡이를 잡지 않고 남에게 기대어 불편을 줄 때, 도서관에서 큰소리로 떠드는 사람, 아무 데서나 담배 피우고 남을 전혀 신경 쓰지 않고 꺼달라고 하면 오히려 화내는 사람, 도서관이나 수업시간에 삐삐나 핸드폰 울리며 쳐다보려면 보라는 듯이 당당한 사람, 새치기 당했을 때, 날씨가 후텁지근할 때, 신발이나 옷에 껌이 붙었을 때, 버스운전사가 다른 사람과 욕하며 싸울 때, 아무런 이유없이 남을 뚫어지게 보는 사람, 내 물건을 빌려가서 안 가져올 때, 지갑을 잃어버렸을 때, 더운 날 줄서기, 누군가 이래라저래라 막 시킬 때, 전철 안이나 도로에서 또는 강의실에서 남녀가 포옹하거나 심지어 뽀뽀하는 것을 볼 때, 우리집 담벼락에 소변 보는 아저씨, 모르면서도 확실히 안다고 자기 잘난 맛에 사는 사람, 버스에서 아줌마가 다리 아프다고 자리

위쪽으로 돌진!
꺼릴 것이 없다

양보를 요구하고 내 자리에 앉은 뒤 내 가방이 자꾸 자기를 건드린다고 불평했을 때, 어떤 사람이 착한 일을 하고 나서 내가 이렇게 어려운 상황에서 선행을 했으니 고마워해야 한다고 암시했을 때, 전철에 자리가 났을 때 숙녀를 제치고 젊은 청년이 거기에 앉을 때, 난 곱슬머리다. 그래서 비오는 날은 머리가 말을 안 듣는다. 그래서 나는 여름철 장마 때 불쾌하다. 약속이 있는데 길이 막힐 때, 남이 나를 의심할 때, 돈 탁탁 털어 자판기에 넣었는데 돈만 먹힐 때, 지하철이나 버스 안에서 남자들의 접근, 요즘 음반 가게에 도둑놈들이 너무 많기 때문에 감시를 철저히 하는 것은 좋지만 제대로 사는 사람 입장에서는 좀 불쾌한 기분이 든다. **강의가 채 끝나지도 않아서 시합하듯이 먼저 나가는 학생들의 모습**….

  (이상은 내 강의를 듣는 학생들의 의견을 종합한 것이다)

  전철역에서 잘못된 표지판 때문에 이리저리 헤맬 때, **휴지통 없어 쓰레기를 쥐고 다니다가 결국 가방에 넣어야 할 때**, 남이야 자전 말전 가정용 노래방을 크게 틀어놓는 이웃, 아무 데나 침 뱉고 코 푸는 사람, 차창 밖으로 담배꽁초나 박카스병 던지는

사람, 난폭운전하는 버스기사, 아이 업은 아기 엄마나 허리 굽은
노인에게 빨리 타라고 재촉하는 버스기사, 잘못 걸린 전화에 대해
신경질 부리는 목소리, **적금 해약 이유를 꼬치꼬치 묻는 은행원**, 간판
에 대여료 500원이라고 크게 써놓고 2,000원 받는 비디오가게,

추운 날 횡단보도에서 10분 이상 늦장 부리는 푸른 신호등, 현금
카드를 삼키는 현금 자동지급기, 현금카드 꺼내달라고 신고해도
올 생각하지 않고 남에게 미루는 담당자, **긴급히 출판한다고 재**
촉해서 황급히 번역해서 갖다주면 마냥 늦장부리는 출판사, 번
역원고가 이해하기 힘들다면서 남을 시켜 제멋대로 원고를 변형
시키고 그 사람 명의로 출간하는 출판사, 먹다 남은 반찬을 또다
시 사용하는 음식점, **남의 마음 아픈 사정에 대해 자꾸 캐물어 기분**
상하게 하는 친구, 신앙을 강요하는 이웃, 숨기고 싶은 비밀이 새
어나갈 때, 약속 어기는 사람, **왕자병**, 버스나 지하철에서 삼십
분 이상 서있는 것은 억울하다, 전철 옆자리가 텅 비어도 꼭 붙어
서 떨어지지 않는 이웃, 그때 조금만 옆으로 가달라고 하면 자기

나른한 만남

좌석의 경계선이 거기이므로 절대로 비킬 수 없다는 이웃, 전철에

서 신문 보면서 팔을 휘두르고 신문을 펄럭거리는 이웃,

어거지로 점수 올려 달라는 학생. 리포트를 추가로 우송할 테니까 우

선 점수부터 올려 달라고 하면서 점수만 올려받고 끝내 리포트를

내지 않는 학생, 교재준비 안하는 학생들, **몇 차례 지적받고도**

계속 떠드는 학생, 축사에서 나는 악취와 몰려드는 파리떼, 거기

에 대해 불평하면 자기네 축사의 파리들은 아직 부화 중이므로 우

리집에서 날아 다니는 파리떼는 다른 곳에서 온 것이라고 주장하

는 이웃, 약속 어기는 사람, **비만 오면 빨간 폐수를 흘려보내는**

공장, 실직, 빈곤한 삶, 부를 과시하는 사람들, 오래된 빵을 제값에

파는 제과점, 만 원짜리 냈을 때 천 원을 슬쩍 덜주는 택시기사,

역겨운 전철플랫폼 자판기 커피 맛, 잘 했을 때는 멀뚱히 보고만

있고 조금만 잘못하면 심하게 나무라는 XX, 스승의 날 시간강사

는 소외감을 느낀다, 방학 때 시간강사는 세상을 원망한다, 아무

때나 아무 것이나 먹을 수 없듯이 아무 때나 아무 음악이나 잡담

을 듣고 싶지 않다 버스 운전기사는 부디 라디오를 끄고 다닐 것,

영화보며 팝콘 먹고 친구와 떠드는 그리고 핸드폰 받는 철면피,

영화관에서 바로 앞에 앉은 키 큰 사람, 실컷 연애하다가 여자 친구가 임신하면 내빼는 남자, 버스에서 큰 소리로 떠드는 이웃, 도시에서 화장실을 찾을 수 없을 때, 더러운 공중화장실과 낙서, 무시가 섞인 동정, 돈 못벌면서 고급만 찾는 가족, 시부모에게 돈 없다고 거짓말하고 비싼 물건 사는 며느리, 지저분한 물건을 아까워서 버리지 못하는 시어머니, 생각해서 해준 일인데 핀잔만 받을 때, 내가 사랑할 사람 또는 나를 사랑해줄 사람이 없다는 것, **사랑에 실패한 이유가 나 못난 탓이라고 암시하는 친구**, 결혼이나 신앙에 대한 부모의 참견, **잠 못 이루는 밤 돌고 도는 똑같은 생각은 머리를 돌게 만든다**….

2. 기분 나쁠 때 기분 푸는 법

― 무엇을 볼 것인가

노란색 계통을 본다. 괴테의 색채론에 따르면 노란색은 기분을 밝게 해준다.

고호의 밀밭 그림, 클림트의 황금빛 그림, 클레의 아기자기한 그림, 샤갈의 낭만적 그림. 바로크 및 인상주의 회화, 어린이 얼굴, 동물들의 눈동자, 꽃과 자연풍경, 맑은 물, 좋아하는 것.

― 무엇을 들을 것인가

모차르트 피아노 소나타, 쇼팽 녹턴, 베토벤 피아노 협주곡, 슈베르트 즉흥곡, 헨델 수상음악, 흑인 영가, 재즈, 나뭇잎 살랑거리는 소리, 물소리, 좋아하는 음악.

— 무엇을 할 것인가

친구와 차 마시며 수다떨기, 일기나 낙서, 행복에 관한 책읽기, 산책, 집안정리, 요리, 좋아하는 물건 수집 및 쇼핑, 바다를 보러 떠난다, 외국 여행, 외국풍물에 관한 책읽기, 프랑스 영화, 코메디, 야한 영화 야한 책을 본다, 에로티시즘, 꽃을 꽂는다, 벽에 그림을 건다, 동물 쓰다듬기, 더운물 샤워, 머리스타일 바꾸기, 예쁜 옷 입기, 생각죽이기(숫자세기, 끝말잇기), 좋아하는 것.

— 어떤 향기를 마실 것인가

장미꽃, 계피, 커피, 모과, 마른풀, 좋아하는 향기.

— 무엇을 먹을 것인가

과일, 포도주나 칵테일, 콜라, 커피, 초콜릿, 아이스크림, 생크림케이크, 좋아하는 것.

(이것은 과학적으로 입증된 것이 아니다. 그리고 그 효과는 개인에 따라 달라질 수 있다)

3. 기분 나쁠 때 생각해야할 것들

슬픔은 더 잘 살려는 긍정적인 감정이다

불쾌, 우울, 슬픔, 암담함을 느낄 때 그 느낌의 수렁 속으로 자꾸 빨려들어가지 말고 이 느낌을 왜 느껴야 하는가, 이 느낌의 정체는 무엇이고 목표는 무엇인가, 나는 왜 이 느낌을 느끼도록 만들어진 존재인가… 등을 잠시 생각해보자. 천둥 번개에 대한 두려움도 천둥과 번개의 정체를 알고나면 훨씬더 줄어드는 것과 마찬가지로 감정의 원리와 정체를 알게 되면 감정에서 조금 더 해방될 수 있다.

바늘에 찔리면 왜 아프게 되고 소리 지르게 되는가? 그때 고통의 의미는 그 전에 잘못한 일에 대한 벌도 아니고 단순히 아품을 경험하고 맛보라는 것도 아니며 아픔 속에 빠져서 바깥으로 나오지 말라는 것도 아니다. 고통은 해로운 물체가 있으니까 그것을 회피하고 자신을 보호하라는 경보장치와 같다. 슬픔 즉 영혼의 고통 또한 이와 마찬가지이다. 슬픔 역시 나를 슬프게 하는 대상을 회피하거나 망각하거나 그 대상이 나를 더이상 슬프게 하지 않도록 그 대상을 변화시키라는 신호이다. 그러므로 자기통제가 불가능한 정신병적인 경우를 제외하면, 슬픔 때문에 주저앉고 자멸하는 것은 슬픔에 대한 잘못된 반응 또는 대처 방식이다.

인간의 본성은 본래적으로 기쁨을 추구하고 슬픔을 피하는 것이다.

"우리는 기쁨을 가져올 것이라고 생각되는 모든 것을 실현하려고 노력한다. 그러나 반대로 슬픔을 가져올 것이라고 생각되는 모든 것을 멀리하거나 회피하려고 노력한다" (M. 156~157)

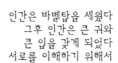 

인간은 바벨탑을 세웠다
그후 인간은 큰 귀와
큰 입을 갖게 되었다
서로를 이해하기 위해서

"즐거움은 우리가 어떤 선한 것을 소유하고 있다는 믿음에서 일어나며 슬픔은 우리가 어떤 악한 것을 소유하고 있다는 믿음이나 어떤 선한 것을 결핍하고 있다는 믿음에서 일어난다" (Y. 252)

좋은 물건, 좋은 사람을 곁에 두고 있으면 즐겁고, 그런 대상이 있다가 사라지면 슬프게 된다. 인간의 모든 감정이 가지는 기능은 정신으로 하여금 이로운 것이 무엇인지 알게 하고 이로운 것을 원하고 의지하게 하며 그 의지를 실행하도록 각오하게 하는 것이다. (Y. 235)

데카르트는 우리의 슬픔이 슬픔의 대상을 회피하도록 만든다고 보았으며 스피노자는 우리가 슬픔 자체를 회피하는 본성을 가지고 있다고 보았다.

기쁨은 우리가 보다 완전해진다는 증거이며 슬픔은 반대로 우리가 보다 불완전해진다는 증거이다. 어떤 기쁨이든지간에 슬픔보다 더 나은 것이며 추구할만한 가치가 있는 것이다. 기쁨은 육체에 활기를 주며 슬픔은 육체를 침체 상태에 빠뜨린다.

"즐거움은 안색을 더욱 발랄하고 더욱 붉은 빛으로 만든다. 그 까닭은 즐거움이 심장의 배출구를 열면서 피로 하여금 모든 혈관들 안으로 더욱 빨리 흐르게 하기 때문이며, 피는 더욱 뜨거워지고 또 더욱 미세해지면서 얼굴의 모든 부분들을 알맞게 부풀리기 때문이다… 슬픔은 그와는 반대로 심장입구를 오므라들게 하면서 피가 혈관 속에서 느리게 흐르도록 만들며, 더욱 차고 짙게 된 피가 보다 좁은 장소로 흐르도록 만든다. 그래서 피가 심장에서 멀리 떨어진 혈관에서 떠나도록 만든다. 그래서 얼굴이 창백하고 홀쭉하게 보이게 되는 것이다"
(Y. 261~262)

기쁨은 영혼뿐만 아니라 육체를 위해서도 유익한 것이다. 비록 "증오와 슬픔이 사실에 대한 참된 인식에서 유래한 것일지라도 배척되어야 하며 따라서 증오와 슬픔이 잘못된 생각에서 유래할 때에는 더더욱 배척되어야 한다… 가식적인 기쁨도 참된 원인을 갖는 슬픔보다 더 가치가 있는 것이다." (Y. 275) 우리 마음이 슬픔에서 헤어나오고 기

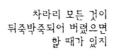

차라리 모든 것이
뒤죽박죽되어 버렸으면
할 때가 있지

쁨을 향하도록 우리 스스로를 유도해야 한다.

　슬픔과 기쁨은 현실과 미래를 바라보는 우리의 전망과 밀접한 관계를 갖는다. 빨간색 안경으로 세상을 보면 세상이 모두 빨갛듯이, 낙관적인 눈으로 현실을 보면 현실은 밝게 보이고 비관적인 눈으로 현실을 보면 어둡게 보인다. 즉 객관적 현실의 밝고 어둠뿐만 아니라 우리의 주관적 관점의 밝고 어둠도 우리의 기분과 감정에 영향을 미치는 것이다. 그러므로 밝은 기분을 유지하기 위해서는 밝은 인생관을 갖는 일이 중요하다.

　다른 사람의 성격이나 처지를 나의 힘으로 바꾸는 일은 정말로 힘든 것이다. 반면에 세계를 바라보는 관점과 삶의 태도를 바꾸는 것은 그보다는 훨씬 쉬운 일이다. 세상을 바꾸기보다는 나 자신을 바꾸고 나의 눈을 갈아끼우는 것이 더 쉬운 것이다.

모든 것이 필연적이라고 생각하라

우리는 때로 우울하고 불쾌하며 절망하게 된다. 그 이유는 무엇인가? 상실? 가방을 어딘가에 깜빡 잊고 두고 왔다. 소매치기를 당했다. 사랑하는 인간이 가버렸다. 직장과 명예를 잃었다. 젊음을 상실했다. 실망? 기대와는 달리 적자가 났다. 친구가 약속을 어겼다. 사랑하는 사람이 이유없이 시무룩하다. 병이 낫지 않는다. 내가 나를 다스리지 못한다.

그러나 그 모든 일에는 필연적인 이유가 있다. 이 세상 곳곳에 악마가 숨어 있다가 일부러 나를 골탕먹인 것은 아니다. 나에게 벌어진 일에는 언제나 나의 행위가 개입되어 있고 나 역시 책임을 면할 수 없다. 애인과의 이별도 부분적으로는 내게 책임이 있다. 나는 그를 만족시킬 수 없었다. 또는 나를 사랑할 수 있고 나를 통해서 행복을 느낄 수 있는 사람을 나는 선택하지 못했다.

그녀는 음악적 재능 때문에 피아노를 배웠다. 그러나 그는 음악보다는 그림을 더 좋아했다. 그녀가 미술을 했다면 그는 그녀남과 여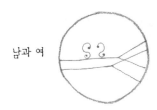

를 지금보다 훨씬 더 좋아했을지도 모른다… 어쨌든 그들은 만나게 되었다. 그날 그녀가 서점에서 피아노 교본을 찾고 있을 때 그는 그 근처에서 릴케의 시집을 뒤적거리고 있었다. 하필이면 그녀가 좋아하는 릴케를… 그녀는 그에게 말을 걸었다.

"릴케를 좋아하세요?"

그녀가 그날 서점에 들른 것, 그에게 말을 건 일, 그가 릴케를 좋아한 것… 그 모두가 필연적이었다. 그들은 자주 만났지만 결국 서로 맞지 않음을 발견했다. 그녀는 너무 자기 중심적이었고 그 역시 이타적이 아니었다. 그들은 서로에게 바라기만 하고 바라는 것을 해주지는 못했다. 그들의 이기주의도 어쩔 수 없는 것이었다.

그들이 헤어진 것은 어쩔 수 없는 필연적인 일들의 연속에 의해서 귀결된 것이다. 그들이 어떤 노력을 했던간에 올 것은 오고야 말았을 것이다. 그들이 평생을 함께 하더라도 결코 행복하지 못했을 것이다. 어찌됐든 인간간의 헤어짐은 언제나 필연적인 일이다.

모든 것이 필연적으로 일어난다는 것, 달리 될 수 없다는 것을 아는 것은 우리의 우울과 고통과 절망을 줄이는 데 도움을 준다. 우울할 때마다 "너무 억울해, 왜 내게 그런 일이 일어났을까?"라고 생각하는 대신에 "그것은 그럴 수밖에 없었어"라고 스스로에게 속삭여 보자.

스피노자는 이렇게 말했다.

"모든 것은 필연적이다. 우연이란 절대로 존재하지 않는다. 왜냐하면 모든 사물은 신의 주어진 본성에서 필연적으로 생기며 신의 본성의 필연성에서 일정한 방식으로 존재하고 작용하게끔 규정되어 있기 때문이다… 모든 것은 신의 힘에 의존한다. 따라서 사물이 다르게 존재하기 위해서는 신의 의지 역시 필연적으로 다르게 존재하지 않으면 안 된다. 그런데 신의 의지는 다르게 존재할 수 없다. 그러므로 사물은 다르게 존재할 수 없다… 어떤 것이 우연이라는 것은 우리의 인식의 부

때로는 코믹배우의 마음처럼
자유분방하고 조금은
유치해지고 싶지 않니?

족에서 오는 착각이다" (M. 50~55)

여기서 신이란 자연이고 우주이다. 자연은 필연적 법칙에 따라 움직인다. 물은 위에서 아래로 흐르고 영하에서는 얼음이 된다. 모든 것은 생성소멸한다. 해를 주는 대상은 회피하고 싶어한다… 우주 삼라만상은 변경 불가능한 자연법칙에 따라 변화된다. 우주의 법칙을 안다면 일어날 일을 미리 예상하여 대비하고 마음의 준비를 할 수 있을 것이고, 어떤 일을 당해도 크게 당황하지 않을 것이다.

모든 것은 신포도다

커다란 뱀이 발 밑에 있다면 놀라서 기절하게 되는 이유는 무엇인가? 뱀을 제거하는 것이 불가능하기 때문에 기절을 통해 나의 의식을 제거하는 것이다. 이처럼 순간적으로 일어나는 자동적 반응까지도 어떤 합리적 목적을 실현하고 있는 것이다. 감정도 마찬가지이다. 아무리 사랑이 진실되다 하더라도 사랑 역시 우리가 알 수 없는 합리적 목적에 의해 생성소멸한다. 나는 내 마음대로 누군가를 사랑하거나 사랑하지 않을 수 있는 것이 아니다. 나는 사랑하고 사랑 때문에 상처받고 절망하게 된다. 사랑에는 진실이 들어 있다. 그러나 그 진실을 한겹 뜯어서 벗겨내면 사랑의 진실과 더불어 병존하는 또다른 진실이 있다. 그것은 사랑에는 언제나 상황이 함께 개입되어 있다는 것이다. 상황이 완전히 배제된 사랑은 없다. 그것은 소설이나 영화에나 나오는 것이다.

나의 고독, 나의 취향과 기질, 경제적 사회적 위치, 과거 경험… 이 모든 것이 합쳐서 나의 상황을 만든다. 지금 나의 상황에서는 그를 사랑할 수밖에 없다. 그러나 상황이 변한다면 그를 끝없이 올라가기

사랑하지 않을 수도 있는 것이다. 만일 어떤 새로운 경험을 통해 이성을 보는 관점과 취향이 바뀐다면 그가 사랑스럽게 보이지 않을 수도 있다. 물론 그렇다고 곧바로 그를 버리거나 그와 헤어져야 하는 것은 아니다. 내가 매력을 느끼지 못하는 사람이라도 얼마든지 우정을 나눌 수 있으며 그를 한 인간으로서 존중하고 보호하는 아가페를 베풀 수 있기 때문이다.

어떤 사람을 거의 절망적으로 사랑했더라도 오랜 세월이 흐른 뒤에 그와 우연히 마주치면 조금 놀랠 수는 있겠지만 그에 대한 사랑이 자취도 없이 사라져 버렸음을 확인하게 될 것이다. 상황이 시시각각 변화할 뿐 아니라, 비록 상황이 변하지 않더라도 감정 그 자체가 스스로 변화할 수도 있는 것이다. 어쨌든 어떤 감정을 절대시 하는 것은 잘못이다.

포도나무에 높이 달려있는 포도를 따려다가 그것이 너무 높아서 팔이 닿지 않자 여우는 '저건 신포도야' 하고 코웃음 치고 되돌아서서 가버린다. 우리의 삶에서도 그런 일이 비일비재하다. 절실한 사랑이 받아들여지지 않을 때 언젠가 나는 포기하게 된다. 처음에는 모욕감과 절망감이 크겠지만 나중에는 무감각해진다. 그리고 '그는 사실 별볼일이 없다'고 생각하기로 결심하게 될 뿐만 아니라 그렇게 믿고 확신하는 때가 오게 된다.

'그가 신포도에 불과하다'는 생각도 그를 잊고 괴로움을 줄이려는 무의식적인 합목적적 계산을 넘어서서 부분적으로 진실을 내포하고 있다. 그는 사실 아무 것도 아니다. 그는 한 인간에 불과하다. 누구나 헛점이 있듯이 그도 그렇고 그는 생노병사를 겪는 한 유한적인 생명체에 불과하다. 그 사람뿐 아니라 이 세상 모든 것이 사실 무상한 것이며 신포도에 불과하다.

한때 우리는 어떤 것을 소망하고 갈망할 수 있다. 무엇인가를 소유하기를, 어떤 재능을 갖기를, 어딘가로 여행을 떠나기를 갈망한다. 그리고 이루어지지 못한 소망은 그대로 기억 속에 파묻

마음이 든든해

혀 버린다. 예를 들면 나는 어릴 때 그렇게도 피아노를 갖기를 갈망했다. 한달에 몇 번씩 피아노 꿈을 꿀 정도였으며 독일 유학을 떠나서도 피아노에 대한 환상은 나를 줄기차게 사로잡았다. 심지어 나무판자 위에 흑백 건반을 그려놓고 두들긴 적도 있었다. 그러나 학위가 끝날 무렵, 갑자기 20년 가까이 나를 따라다니던 피아노에 대한 갈망이 물거품처럼 사라져버렸다. 그리고 그 뒤로는 그런 갈망이 한 번도 나의 의식의 물거품 위로 솟아오른 적이 없다. 피아노에 대한 갈망도 진실이지만 피아노가 신포도라는 것도 진실이다.

이 세상 어떤 값진 것도 언젠가는 시고 떫은 신포도로 여겨질 수 있다. 그리고 그것이 신포도라는 것은 단지 이루지 못한 소망의 합리화에 불과한 것이 아니라 그것은 진실이다. 어찌보면 모든 것은 신포도보다 더 못한 진흙덩이나 흩날리는 먼지에 불과하다고 해도 과언이 아니다.

만일 어떤 것을 이루지 못해서 괴롭고 절망스럽다면 "그것은 언젠가 신포도가 될 것이고 지금도 그것은 다른 사람들이 보기에 신포도이며 신이 보기에는 그것은 언제나 신포도다"라고 생각해 보자.

남의 평가를 두려워하지 말라

고교시절 어떤 수업시간에 어쩌다 한 번 흘깃 뒤돌아본 것이 화근이 되어 호되게 혼난 적이 있다. 그 억울함이란 이루 말할 수 없었다. 그러나 나 자신이 직접 강단에 서보니 나를 혼낸 그 선생님을 이해할 수 있을 것 같다. 소근거림은 물론 조그만 딴 짓은 앞에 선 강사의 정신을 마구 헷갈리게 만든다. 모두가 다 그런 것은 아니지만 요즘 학생들의 수업태도는 별로 좋지 못하다. 지각, 조퇴를 마구 해대고 늦게 들어와서 앞자리로 밀치고 들어와 소음을 낼 뿐 아니라 자리에 앉는 즉시 옆사람과 떠들기 시작한다. 처음 강단에 섰을 때는 대학생을 성인으로서 인격적으로 대우해 줘야 한다는 생각에서 아무런 제제도 가하지 않았다. 그러나 해를 거듭할수록 그런 식의 방치는 결국 학생이나 내게 해롭다는 것을 깨달았고 이제 수시로 목청을 높혀 태도가 안 좋은 학생을 비난하게 되었다.

그런데 학기말에 실시하는 강의 평가서에 거기에 대해 불만을 토로하는 학생들이 종종 눈에 띈다. 그 가운데, 떠드는 학생을 나무라는 것은 수업의 흐름을 끊는 것이고 대학생을 중고생 취급하는 유치한 행위라는 메모가 가장 기억에 남는다. 그런 메모를 한 학생은 강의를 예외없이 최하점으로 평가하여 강사를 자격 없는 빵점 교수로 중상모략하곤 한다. 수업시간에 소음을 냄으로써 전체를 방해한 데 대한 반성은 전혀 보이지 않으며 떠드는 것이야말로 중고생처럼 유치한 짓임을 전혀 깨닫지 못하고 있다.

아무튼 강의평가에 백 점을 주었든 오십 점을 주었든지간에 남에게 평가받는 일은 두렵고 불쾌한 일이다. 좋은 평가이든 나쁜 평가이든 실제로는 큰 신빙성이 없는 것이고 철모르는 자의 어리석은 소견 밖에는 되지 않는데도 말이다. 이런 종류의 불쾌감과 연관해서는 우선 파탄잘리의 요가수트라의 한 구절이 위안을 준다.

"누군가가 우리를 중상모략하거나 해치려 하면 본능적으로 거기에

조금 썩었지만
맛있어

대항하여 싸우고자 한다. 그리하여 상대방을 성공적으로 공격할 수도 있을 것이다. 하지만 우리 자신이 더 큰 상처를 입으며, 속에서 치솟는 증오의 불길로 말미암아 마음이 혼란스러워 진다. 그러므로 우리를 해치고자 하는 모든 시도에 대해 냉담한 태도를 갖는 훈련이 필요하다. 대항하기에 앞서 그 사람이 왜 그런 행동을 하는지 깊이 생각해 보아야 한다. 그러면 대개는 우리 자신에게도 책임이 있다는 것을 알게 되리라. 가해자는 무조건 나쁘고 피해자는 아무 잘못이 없는 경우는 거의 없다. 가해자와 피해자는 서로 상대방을 자극하는 매우 복잡한 관계로 얽혀 있기가 쉽다"(I. 79~80)

위의 경우 나는 지적당한 학생들의 불쾌감을 이해하고 그들을 다른 우회적인 방식으로 다스릴 수는 없는지 생각해 보아야 할 것이다. 인간이 타인의 평가에 대해 민감하게 되는 이유를 쇼펜하우어는 인간이 사회없이 단독으로 살아갈 수 없으며 사회의 유능한 일원으로서의 자격이 있음을 타인에게 인정받는 것이 필요하기 때문이라고 본다(E. 79~80)

"남이 찬동하고 갈채를 보내고 있다는 구체적인 증거가 있을 경우 우리는 그것으로 위안 받을 수 있다. 하지만 그 반대로 자신의 공명심이 손상된다든가 자신이 가벼이 여겨진다거나 무시당하게 되면 모욕감을 참을 수가 없을 것이며 심한 타격을 받게 될 것이다"(E. 67)

"인간은 시종일관 그리고 한 평생 다른 사람의 의견과 생각에 대한 노예로 살고 있다."(E. 68)

이런 심리가 바로 명예욕의 뿌리가 된다. 명예욕은 쇼펜하우어에 의하면 우매하고 불합리한 것이다. 명예는 인간의 재능처럼 직접적 가치를 갖거나 직접적인 힘을 부여하는 것도 아니며 오직 타인의 인정과 평가를 통해서 타인으로부터 혜택받을 수 있다는 점에서 간접적, 우회적 영향력 밖에는 갖지 못하는 것이다. 명예에의 집착은 우리가 끊임없이 다른 사람의 이목과 생각에 신경쓰게 만들며 진정한 나 자신을 찾는데 방해가 된다. 이러한 "명예욕이라는 우리를 끊임없이 가책하게 하는 가시를 우리 몸에서 뽑아내는 것이 행복의 첩경이다… 이러한 인간 공통의 어리석음에서 비와 함께 오는 것

헤어날 수 있는 유일한 수단은 이 어리석음을 어리석음으로서 분명하게 인식하는 일일 것이다." (E. 74) 명예는 그것을 받는 사람보다 주는 사람에게 달려 있는 것이며(Z. 11) 따라서 명예에 얽매이는 것은 타인의 노예가 되는 것이다.

나에 대한 타인의 평가는 대개 그 타인 당사자의 본래적 견해가 아니며 다른 타인들로부터 획득한 것이다. 누가 먼저 시작했는지 모르지만 우리는 서로 서로 경계하며 서로의 평가에 신경쓴다. 그리고 타인의 평가방식을 모방하여 다른 타인을 평가한다. 그렇게 되면 누구도 고유의 평가방식을 갖지 못할 뿐만 아니라 진정으로 자기 자신의 본질에서 우러나오는 삶을 살지 못하게 된다.

'똑똑하다, 현명하다, 착하다'는 타인의 칭찬을 즐거워 하는 순간 나는 자유를 잃게 된다. 그런 견해를 유지시키기 위해 끊임없이 싸워야 하기 때문이다. 실수를 두려워하고, 자신의 보상을 흐리게 할지도 모르는 말이나 행동을 두려워서 못하게 된다. 즉 자기 자신을 웃음거리로 만들고 어리석은 사람이라고 인정할 수 있는 자유를 상실한 것이다.

타인의 판단에 얽매이게 되면 긴장과 불안과 근심의 열매를 먹게 된다. 타인의 찬사를 심각하게 받아들이거나 즐거워하지 말고 그와의 교류만을 즐겨야 할 것이다. 나는 나일 뿐이라고 생각해야 한다. 주위 사람들의 판단은 있는 그대로의 나를 보기 보다는 그들의 목적이나 취향이나 이해관계에 따라 보는 데서 만들어진 것이다. 그런 것을 깨닫는다면 남의 생각이나 판단에 신경쓰지 않고 하고 싶은 말과 행위를 자유롭게 하게 될 것이다. 마치 자신을 전혀 의식하지 않는 꽃이나 새처럼 (T. 99~103)

나 자신의 과거 경험과 현재 생각의 총체는 그 누구도 나만큼 잘 알 수는 없다. 나에 대한 평가는 나를 가장 잘 아는 사람 즉 나 자신에게 맡겨야 한다. 그리고 누구의 평가보다도 나에 대한 나 자신의 평가에 주목하고 그것을 두려워해야 할 것이다.

행복을 얻으려고 하기 보다는
고통을 회피하라

육체의 병이나 영혼의 고통은 나의 존재 자체의 균열이며 붕괴이다. 반면에 쾌락이나 행복은 내 존재의 표면 위에 피어나는 꽃과 같다. 쾌락을 얻기 위해 고통을 받아들이는 것은 내 존재를 쪼개고 피를 흘리게 한 뒤 그 상처 위에 꽃을 심는 것과 같다. 행복의 전제 조건은 고통의 제거이며, 고통없음 자체가 지대한 행복이기도 하다. 내 존재가 다치지 않는 것과 내 존재 위에 꽃을 피우는 것 가운데 어느 것이 더 중요한가? 그것은 내 존재가 다치지 않는 것이다.

쇼펜하우어는 현자는 쾌락을 추구하는 것이 아니라 고통없는 것을 추구한다는 아리스토텔레스의 충고에 전적으로 동의한다. 쇼펜하우어에 의하면 행복은 고통의 제거에 불과한 것으로 소극적 부정적인 성질의 것인 반면에 고통은 적극적, 긍정적인 것의 손실이다. 그러므로 우리는 인생의 향락에 주목할 것이 아니라 재앙을 모면하도록 주의를 기울여야 한다. 고통을 주고 향락을 얻는 것 또는 고통의 위험을 무릅쓰고 향락을 추구하는 일은 하지 않는 것이 좋다. 그것은 소극적, 부정적인 것 따라서 가상적인 것을 얻기 위해 적극적, 긍정적인 것을 대가로 지불하는 격이기 때문이다. 반대로 고통에서 헤어나오기 위해 향락을 희생하는 것은 옳은 것이며 그것은 결코 손해 보는 일이 아니다. (E. 140~143)

쾌락과 행복이라는 유토피아를 목표로 잡게 되면 그 목표로 가는 길목에서 기다리고 있는 갖가지 고통과 위험을 백안시 하게 된다. 바라던 행복이라는 목표에 도달하지 못하는 경우가 허다하며 비록 목표에 도달했다고 하더라도 그동안의 고통의 총량과 비교하면 행복은 너무나 보잘 것 없이 작은 것이 된다.

그러면 모든 고통과 성가심, 위험, 불안, 절망을 회피한다면 과연 우리가 한발짝이라도 움직일 수 있을 것인가? 쇼펜하우어가 우리에게 내리는 충고는 꼼짝말고 가만히 있어라. 그러므로써 중간치는 유지하게 된다는 의미가 아니라, 우리가 가지는 행복에 대한 환상을 지우고 지나치게 거기에 집착하지 말라는 것

별난 식사 시간

이다. 행복은 고통의 제거이며 따라서 고통 없음에 만족하고 거기에 행복해할 줄 아는 지혜가 필요하다는 것이다. 우리에게 행복을 줄 것으로 믿었던 목표에 도달해도 잠시 후면 우리는 곧 무덤덤해진다.

남에게 아무것도 기대하지 말자

독일에 있을 때 기숙사에서 한 친구를 알게 되었다. 그녀는 내 고양이를 아주 귀여워했고 공동부엌에서 가끔씩 식사도 같이 하게 되어 서로 가까워졌다. 그런데 그녀의 고향으로 가는 여행에 초대되면서 의아한 일이 벌어졌다. 그녀가 세들어 사는 집에 머물게 됐는데 끼니를 모두 빵으로 때우고 그나마 식사를 거르는 일이 허다했다.

이틀째 되던 날 그녀는 그녀의 친구가 우리 모두를 저녁 식사에 초대했다면서 나를 그녀의 친구집으로 데리고 갔다. 그런데 그녀의 친구는 오른팔이 없는 남자였다. 음식 또한 소죽같이 불쾌한 냄새가 났고 입에 맞지 않았다. 결국 며칠 동안 나는 허기진 배로 고생했고 방이 차가운 탓으로 잠도 제대로 잘 수 없었다. 나는 그녀를 이해할 수 없었다. 왜 자신은 하루종일 웅덩이에서 수영하며 놀면서 팔 하나 밖에 없는 남자친구에게 저녁준비를 시켰는지. 결국 나는 그녀를 이해할 수 있기를 기다리며 그녀에게 말 한 마디조차 건네지 않았다. 그녀도 토라졌고 그

모두 함께 어울려

뒤 어디론가 이사를 가버렸다.

　우리는 항상 타인들이 내게 어떻게 해주리라는 기대치를 가지고서 생활한다. 그래서 내가 생각하는 어머니상, 언니상, 친구상… 택시운전수상, 경찰상이 머릿 속에 있고 그것은 차츰 고정되어 간다. 그런 인간상들은 직접적인 만남과 반복적 체험에 의해서 형성된 것일 수도 있고 책이나 남의 이야기를 통해서 형성된 것일 수도 있다.

　어떤 친구를 만날 때마다 그 친구가 나를 바래다 주었다면 그 다음에 만날 때에도 바래다 주기를 기대하게 된다. 그러나 어느 날 그 친구가 바래다 주지 않으면 나는 불안해지고 심지어 우정에 금이 간 것은 아닌가, 내가 뭔가 잘못한 것은 아닌가 의심까지 하게 된다. 그 친구가 바래다 주지 않은 것은 내가 가진 그 친구에 대한 이미지와 기대에 어긋나기 때문이다. 마찬가지로 나는 일반적인 친구 이미지를 가지고 있다. 그것은 여러 친구들과 사귀면서 시행착오를 거쳐서 다듬어진 이미지인 것이다. 나는 그 이미지에 비추어 친구라면 또는 친한 친구라면 적어도 내게 그 정도는 베풀 수 있어야 한다고 생각하게 된다. 친구라면 내가 절망할 때 자기 일을 잠시 중단하고 한 시간쯤 시간을 내서 내 이야기를 들어줄 수 있어야 한다고 생각한다.

그러나 살다보면 우리의 기대가 수도 없이 무너지는 것을 체험한다. "저 사람이 어떻게 저럴 수가?"라는 실망과 배반감 그리고 황당함을 느끼게 된다. 타인에 대한 우리의 불만족은 그의 행위 때문에 생긴 것이지만 다른 한편으로는 그에 대한 우리의 기대 때문에 생긴 것이기도 하다. 그러므로 타인에 대한 실망을 겪을 때 그의 행위만을 비난할 것이 아니라 혹시 나의 기대가 잘못된 것이 아닌가, 기대가 너무 컸던 것은 아닌가, 그 사람의 진정한 실체에 대해서 내가 오해했던 것은 아닌가 생각해 볼 필요가 있다. 또는 그에게 무슨 의외의 일이 발생한 것은 아닌가 역시 알아 볼 필요가 있다.

에로틱한 물고기

나 역시 타인들의 기대를 충족시키지 못하면서 사는 것이 사실이다. 매일같이 하던 일도 어느 날 싫증이 날 수도 있고 갑자기 몸이 안 좋을 수도 있으며, 실연과 절망으로 어떤 일에도 의욕을 느낄 수 없을 때가 있다. 변화무쌍한 것이 인간이고 또한 인간의 삶이다.

인간은 부단히 변화하는 도중에 있고 새로운 상황을 맞으며, 새로운 느낌과 생각으로 살아간다. 그렇기 때문에 인간에 대한 기대를 고정시키는 일은 어리석은 것이다. 산기슭의 바위는 언제 가보아도 그 모양 그 색깔로 한 자리에 서 있지만 인간은 그렇게 고정된 존재가 아닌 것이다.

이웃에 사는 사람에게 진공청소기를 빌린다고 하자. 그 친구는 친절하게 언제라도 빌려가라고 말한다. 그리고 나는 일주일에 한 번씩 청소기를 빌려다 썼고 그렇게 해서 열 번 정도 빌려다 썼다. 그런데 아무 생각없이 열한 번째 빌리려고 갔을 때 이웃의 표정이 조금 어두워져 있다. 그리고는 빌려줄 수 없다고 한다. 나는 배반감을 느낄 것이다. 청소기를 빌려다 쓰면서 매번 그 속의 오물을 처리하지 않은 채 돌려주어 그에게 불쾌감을 주었을 수도 있고, 청소기가 고장나서 여러 번 수리를 했을 수도 있다. 아니면 나는 그의 물건을 빌려쓰면서도 내 물건을 그에게 빌려주기는 꺼려했을 수도 있다.

아무튼 우리의 상황은 맨 처음과는 다르며 계속 변화해 간다. 반면에 기대는 날이 갈수록 고정되고 확고해지며 게다가 더 큰 것으로 옮겨간다. 그리고 기대가 크게 깨지는 날이 틀림없이 오게 되는 것이다.

내가 당연시 하는 타인에 대한 기대에 대해서 그것이 정당한지 의심해 보아야 하며 기대를 고정시키거나 증대시키는 오류를 범하지 말아야 할 것이다. 오히려 기대를 조금씩 줄여가면서 반면에 타인에게 조금 더 많은 것을 해주려는 의지를 가져야 할

네 속을 남김없이
다 풀어버려

것이다.

어떤 사람에게 불만을 갖는 것은 그가 나의 기대에 따라주지 않기 때문이다. 그러나 나는 나의 기대에 맞게 행동하라고 그에게 요구할 권리를 갖고 있지 않다. 누군가 나의 입장에서 똑같은 상황에 처하더라도 그에게 전혀 불만을 갖지 않을 수도 있는 것이다. 그리고 어떤 굳어진 바탕과 경험을 가지고서 또는 무지 속에서 그렇게 행동하는 사람은 달리 행동할 길이 없음을 이해해야 한다. 즉 그는 완전하지 못하며 따라서 비난할 수도 없다는 것을 깨달으면 불만은 사라지게 될 것이다. (T. 96~97)

모든 인간을 형제처럼 생각하라

어디론가 장소 이동을 하지 않는 삶이란 없다. 장소 이동이란 그것의 수단이 자가용이든지 공공 교통수단이든간에 교통지옥의 소용돌이에 휘말림을 의미한다. 자가용으로는 열악한 도로 여건과 교통체증에 시달려야 하고 공공 교통수단은 거기에 한술 더 떠서 갈아타고 기다리는 불편함과 더불어 먼 거리를 서서 가거나 인파에 시달리게 한다. 나같은 정신노동자는 게다가 버스 안의 라디오 소음에 적지 않은 고통을 받는다. 그것은 먹기 싫은 과자를 쉴새없이 먹어야 하는 고통 또는 듣기 싫은 쓸데없는 잔소리를 연속해서 들어야 하는 고통과 비슷하다. 아무튼 모두가 교통지옥에 의해 고통받으며 동시에 너나할 것 없이 난폭 운전으로써 교통지옥 형성에 적극 참여하고 있다. 교통은 곧 고통과 동의어가 되어가고 있다.

살아가는 데 있어서의 개인적 고민거리도 많은 데다가 외출은 항상 교통지옥 체험으로 큰 불쾌감을 야기한다. 교통조건이 안 좋을 뿐 아니라 운전수들의 불친절한 태도는 경악스러울 정

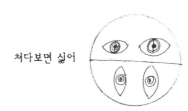

처다보면 싫어

도이다. 운전수들은 버스를 대중에게 봉사하는 공공의 재산으로 생각하는 것이 아니라 개인사무실 정도로 생각하며, 자기 멋대로 라디오나 음악을 틀고 다니며, 대다수가 원해서 튼 것이라는 핑계를 대고 있다.

한번은 교통불편 신고서를 한 장 뽑은 뒤 큰 봉변을 당한 일이 있다. 운전수가 하는 말이 왜 남의 물건에 함부로 손 대느냐는 것이었다. 그리고 그는 종점에 다 왔을 때 신고서를 주지 않으면 못내린다고 협박을 가하고 버스문을 잠가버렸다. 겁을 집어먹은 나는 가방 속을 마구 쑤셔 보았으나 신고서는 끝내 나오지 않았다. 나는 동행인 듯 가장하고 도와달라는 부탁을 옆사람에게 했었고 그의 도움으로 간신히 빠져나올 수 있었다.

바깥에서 만나는 버스운전수나 다른 차의 운전수는 거의 모두가 우리와 아무런 직접적인 관련이 없는 먼 타인이다. 그렇기 때문에 도로 위에서의 조그만 실수는 곧바로 커다란 말싸움과 욕설로 번지게 마련이다. 위의 경우 물론 정당한 사유가 있다면 시민으로서 얼마든지 신고할 수 있는 것이지만 조금은 운전수에 대한 불만과 분노의 감정이 앞섰던 것이 사실이다. 그가 나와 아무 연관 없기에 나는 신고로써 화풀이를 하려 했고 그 역시 내가 아무 관련없는 타인이기에 협박으로 맞섰던 것이다.

똑같은 분노의 상황이라도 상대방이 내가 잘 알고 있는 사람이라면 분노는 쉽게 억제된다. 상대방이 보다 낯선 사람일수록 공격성은 아무 절제없이 발산되게 마련이다. 사랑이나 이타심과 더불어 공격성은 인간본능의 하나로 취급되기도 한다. 자연속에서의 생존을 위해 자기 영역을 지킬 수 있는 것은 바로 공격성 덕분인 것이다. 그러니까 공격성도 무조건 나쁜 것이 아니라 어느 정도 필요하기까지 한 것이다.

세계 어느 곳을 가보아도 애국심이 있으며 지방색이 있고 가족애가 있다. 다른 나라에 대항해서는 강한 애국심이 발동되는

핑구가 화났어

반면 한나라 국민들끼리는 지방색으로 갈등을 겪으며 각 지방
마다 애향심의 기치가 들어올려진다. 그런가하면 한 지방 안에
서는 각 개인간의 이기심으로 인한 불화가 끊이지 않는다. 타인
을 따뜻한 마음으로 바라보는 이타심은 영역이 커지면 커질수
록 흐릿해지고 범위가 좁으면 좁을수록 강해진다. 이타심에는
원심력이 아닌 구심력이 작용하는 것 같다.

　만일 우리가 본능이 이끌리는 대로 관계가 먼 사람은 마구 대
하고 가까운 사람만을 존중한다면 한 나라는 물론 한 지방도 살
기 힘든 삭막한 곳이 될 것이다. 그리고 지구도 언젠가 이기적
전쟁으로 파탄나게 될 것이다.

　모든 인간은 나의 가능적인 이웃이고 얼마든지 가까운 관계
가 될 수 있는 존재이다. 반면에 현재 나와 밀접한 관계에 놓인
사람들도 알고 보면 어떤 필연적인 인연에 앞서서 무수한 우연
을 통해 맺어진 것에 불과하고 과거에는 먼 타인이었다(물론 모

든 우연 속에는 필연적 원인이 들어 있다). 어떤 인간이든지 나의 가능적인 친구로 생각하고 따뜻한 마음으로 대한다면 나 역시 보다 마음 편하게 살 수 있을 것이다.

모든 인간에 대한 형제애는 단지 내게 좋은 결과를 주기 때문이 아니라 인간으로서의 기본적인 의무와 도리이기 때문에 요구되는 것이다.

사랑받지 못함보다도
사랑하지 못함을 슬퍼하라

인간은 누구나 사랑스러운 점을 가지고 있고 사랑받을만 하다. 그러나 실제로 인간은 누구에게나 사랑받게 되지는 않는다. 나의 사랑스러운 점을 알고 있는 자만이 나를 사랑할 수 있기 때문이다. 또는 각자가 필요로 하는 친구나 배우자의 색깔이 따로 있기 때문이기도 하다.

사람들로부터 충분한 사랑을 받지 못하는 것, 특히 내가 좋아하거나 사랑하는 인간으로부터 관심과 사랑을 받지 못하는 것은 슬픈 일이다. 그러나 그 원인을 나 자신의 부족함이나 결핍으로 돌려서는 안된다. 비록 그가 원하는 성질을 내가 소유하고 있지는 못하지만 그렇다고 해서 내가 아무것도 갖지 못한 텅 빈 존재는 아니기 때문이다. 그가 진정한 내 모습을 깨닫지 못할 수도 있고, 자기 자신이 어떤 인간을 필요로 하는지에 대해 착각할 수도 있다. 즉 내가 사랑받지 못하는 이유는 부분적으로 그의 인식부족과 인간을 보는 관점의 한계에도 놓여 있다.

그러므로 사랑받지 못한다는 이유로 자기를 함부로 깎아내려서
는 안될 것이다. 참새는 벌레를 좋아하며 토끼는 풀을 좋아한다.
초콜릿은 토끼의 관심을 끌지 못할 것이며, 인형은 참새에게 아무
런 기쁨도 주지 못할 것이다. 그러나 그렇다고 해서 초콜릿이나
인형이 아무런 가치도 갖지 않는다고 할 수는 없다.

사랑받지 못해서 슬픈 상황일수록 나의 가치를 스스로 다시 한
번 깊게 느끼고 인정하며, 나를 사랑해 줄 사람들이 얼마든지 많
다는 확신을 굳게 해야 할 것이다. 돌부리에 채여서 넘어진 것으
로 나의 존재 전체가 붕괴되었다고 착각해서는 안될 것이다. 주
위를 둘러보면 나의 사랑을 기다리는 많은 사람들이 있다. 우선
가까운 가족과 친구들이 그렇다. 나의 무관심으로 그들이 슬퍼하
지는 않는지 생각해 볼 필요가 있다. 그리고 따뜻한 사랑을 베풀
능력이 내게 부족함을 안타깝게 여겨야 할 것이다. 사랑받지 못
해서 슬퍼할 시간에 나의 사랑을 필요로 하는 사람들을 사랑한다
면 슬픔은 서서히 물러나고 삶의 활기를 되찾게 될 것이다.

감정에는 필연적인 이유가 있음을 이해하라

대학시절에 어떤 친구의 부탁을 거절하지 못해서 난생처음 대리 대답을 해본 적이 있다. 나는 그만 들키고 말았고 그 체육 교수는 내 얼굴색이 조금도 변함없다고 하면서 몹시 분개했다. 그 뒤로 그녀는 나를 계속해서 삐딱하게 보았으며 심지어 수업에 대한 나의 열성까지도 비꼬고 비난했다. 지루한 체육리포트를 일찌감치 냈으나 너무 일찍 냈다고 탓하는가 하면 체육시험에서 나의 활발한 몸동작에 대해 과도한 움직임이라고 낮은 점수를 주었다. 결국 체육점수는 C가 나왔다. 대리 대답은 일종의 기만이고 사기라고도 볼 수 있다. 그러나 진정한 교육자라면 대리 대답 자체에 대한 책임을 묻고 질책하는 데서 일을 마무리해야 할 것이다. 그 일을 한 학기 동안의 모든 수업과 학점으로 연결시키고 자신에게 가르침 받는 한 인간 자체를 미워하는 것은 부당한 것이고 과잉반응인 것이다.

교육자와 피교육자는 사적 관계가 아닌 공적 관계이다. 어쩔 수 없이 만나야 하는 공적 관계에서 사적감정은 많은 불편을 야기할 수 있다. 그러나 공적인 일을 계기로 한 충돌은 가정이나 친구 사이에서 빚어지는 갈등과는 그 종류가 다르다. 공적인 자리를 떠나는 즉시 충돌의 필요가 제거되기 때문이다. 공적인 곳이 직장이라면 퇴근 후 또는 전근 후에는 갈등이 사라진다. 갈등의 출발점은 사적인 것이 아니고 공적인 일이었다. 그러므로 그 갈등에 대해 지나치게 강한 사적 감정을 투사시키는 것은 부적합한 것이다.

인간 간의 갈등의 어떤 경우에도 그렇지만 이 경우에도 감정의 필연성을 이해하는 데서 그치며 더 이상 감정이 크게 확대되지 않도록 하는 것이 좋다. 대리 출석은 교수에게 당연히 불쾌감을 주는 것이다. 그리고 수업 들어오기 전에 그 교수는 어떤 다른 일로 이미 기분이 안 좋은 상태였을 수도 있고 한 학기 내내 가정불화로 고민했을 수도 있다. 그 상태에서는 눈에 거슬리는 어떤 조그만 일이라도 큰 분노를 일으킬 수 있다. 또는 그 교수는 성장과정에서 엄격한 교육을 받고 엄격한 도덕주의자가

바둑무늬 세상

되었는지도 모른다.

철학자 스피노자는 세상만사가 필연적이고 불가피한 법칙의 지배를 받는다고 주장했고 모든 일이 필연적임을 이해하는 것이 번뇌를 벗어나 행복을 찾는 길이라고 했다. 인간 사이에 일어나는 갖가지 감정도 마찬가지로 필연적 법칙의 지배를 받는다. 누군가가 나에 대해서 갖는 감정 또는 내가 그에게 갖는 감정은 의지와는 독립적으로 거의 저절로 일어나는 것이다. 그러므로 그가 내게 분노할 때 그도 어쩔 수 없이 분노하고 있음을 내가 이해해야 한다. 물론 그의 분노에 대한 나의 당혹스러움 역시 당연한 감정이다.

타인의 감정이 나를 일부러 괴롭히기 위해 일으켜진 것이라고 오해한다면, 나는 몹시 기분을 망치게 된다. 정말로 누가 나를 괴롭히기 위해 일부러 화를 냈다면, 일부러 괴롭히려는 의도에도 어떤 필연적인 이유가 있을 것이다. 그렇다면 그 이유를 찾아내어 문제를 찾고 갈등을 해소해야 할 것이다.

행,불행은 해석하기에 달려 있다

한 랍비가 여행길에 올랐다. 그는 당나귀와 개와 작은 램프를 갖고 있었다. 어둠의 장막이 내리기 시작하자 그는 한 헛간을 찾아내어 그곳에서 잠을 자기로 했다. 그러나 자기에는 아직 이른 시각이어서 램프의 불을 켜고 책을 읽기 시작했다. 때마침 바람이 불어와 램프불이 꺼져버려 그는 할 수 없이 잠자리에 들었다. 그날 밤 불운하게도 여우가 개를 죽여버렸고, 사자가 당나귀마저 죽여버렸다.

아침이 되자 그는 램프만을 갖고 혼자서 쓸쓸히 출발했다. 어떤 마을에 들어서니 사람 그림자가 하나도 없었다. 그는 지난 밤에 도적이 들이닥쳐 마을을 파괴하고 사람들을 몰살시켰다는 것을 알게 되었다.

만일 램프가 바람에 꺼지지 않았다면 틀림없이 그는 도적에게 발견되었을 것이다. 개가 있었다면 개가 짖어대어 도적에게 발견되었을지도 모른다. 당나귀 역시 소란을 피워 도적의 눈에 띄었을 것이다. 모든 것을 잃어버린 덕분에 그는 도적에게 발견되지 않았던 것이다.

(N. 60~61)

여행길에 동반한 개와 당나귀를 잃은 여행자는 황당하고 불

우린 본래
한 쌍이야

쾌할 것이다. 그는 나중에서야 그것이 그의 목숨을 구한 사실을
알고 안도의 한숨을 쉬게 되었다. 만일 그가 딴길로 돌아가느라
고 도둑에 의해 쑥밭이 된 마을을 못보았다면 그의 기분은 여행
이 끝날 때까지 불쾌했을지도 모른다.

우리 인간의 체험과 인식에는 한계가 있기 때문에 사물의 뒷
면과 진상을 볼 수 없는 경우가 대부분이다. 심지어 사물의 진
상을 눈앞에 두고 있으면서도 사태를 올바로 판단하지 못하는
경우가 허다하다. 우리는 대개 아주 좁은 안목으로 이해득실을
계산하며, 언제나 가지고 있는 것보다 더 많이 가진 상태를 동
경한다. 그러므로 우리는 거의 언제나 불만족 상태에 놓이게
된다.

『슬라이딩 도어즈』라는 영화는 한 여주인공이 갈 수 있는 두
가지 인생길을 동시에 교체적으로 보여준다. 애인이 다른 여자
와 바람피우던 날 만일 그녀가 그 전철을 놓쳤다면 애인의 외도

를 눈치채지 못하고 살아갔을 것이고 새로 만난 남자와의 관계
는 존재하지 않았을 것이다. 반면에 만일 그녀가 그날 그 전철
을 잡아탔다면 애인의 외도를 목격했을 것이고 새로 만난 남자
와 깊은 사랑에 빠졌을 것이다.

두 경우 모두 그녀는 다쳐서 입원하게 되며 첫번째 경우에도
결국 애인의 외도가 발각되어 애인과 헤어지게 된다. 두번째 경
우에는 식물인간 상태로 죽게 된다. 과연 어떤 길이 보다 행복
한 길인가? 그 계산과 판단은 각자가 하기 나름이다. 애인의 외
도를 눈치채지 못하고 멋모르고 살아가는 것이 좋은가, 아니면
그것을 알아채고 새남자를 만나 사랑을 나누는 것이 행복한가?
애인과 다투고 결국 헤어지고 혼자가 되는 것이 좋은가, 아니면
애인과 헤어진 후 다른 남자와의 사랑을 확인하고 성취하는 반
면에 죽는 운명에 처하는 것이 좋은가?

우리는 우리가 처한 상황에 대해 함부로 속단해서는 안된다.

자연 관찰 안경

지금 이 상황이 아닌 다른 상황이라면 더 큰 불행이 도사리고 있을 지도 모르는 일이다. 영화 『스모크』에 나오는 한 인물은 한쪽 팔을 잃었는데 그는 그의 팔을 절단한 사람이 그의 양쪽 팔다리를 모두 잘라서 자기를 죽이지 않은 것을 너무도 감사한다고 말한다. 그가 너무 바보 같고 지나치게 낙관적이라고 볼 수도 있지만 그는 사물의 뒷면을 알고 있으며 또는 있을 수 있는 일에 대한 상상력을 가지고 있는 사람이라고도 볼 수 있다.

삶은 해석하기 나름으로 행복으로 느껴질 수도 있고 불행으로 느껴질 수 있다. 이것은 귀에 걸면 귀걸이, 코에 걸면 코걸이 식으로 제 멋대로 상황판단을 해도 무방하다는 뜻이 아니다. 해석은 언제나 충분한 근거를 바탕으로 해야 하는 것이다. 그러나 내가 처한 상황의 여러 가지 다양한 측면들 가운데 어떤 것을 선택하여 상황판단과 해석을 할 것인가는 나의 인생관에 달린 것이다. 그 모든 측면들을 동시에 다 놓고서 판단한다면 판단 자체가 불가능해질지도 모른다. 그것은 알록달록한 무늬를 앞에 놓고서 그것을 빨갛다고 해야 할지 파랗다고 해야 할지 결코 판단내릴 수 없는 것과 마찬가지이다. 오히려 그 무늬 가운데 끼어 있는 파란색 또는 빨간색 어느 하나에 주목하여 판단할 수 밖에 없는 것이다.

그리고 우리 삶을 판단하는 데에는 부정적 측면들보다는 긍정적 측면들에 집중하는 편이 더 좋다. 우선 삶을 보는 긍정적인 눈은 밝은 기분을 유지하게 해 주기 때문이다. 그리고 어느 측면을 중심으로 판단하든지간에 정확한 객관성에 대한 보장이 없다. 그렇다면 이왕이면 삶을 밝게 보고 긍정하는 것이 보다 나을 것이다. 삶의 순간순간은 유일하며 다시 되돌아오거나 반복되는 법이 없다. 우리가 오판하여 불행으로 낙인찍고 정말로 불행한 기분에 젖었던 순간들은 되돌릴 수 없다. 그렇다고 해서 현실의 명확한 부당성과 오류까지도 무조건 좋게 보고 그대로 방치하라는 뜻은 아니다.

타인에게 감사하라

택시운전사의 불친절과 횡포는 이미 널리 알려진 사실이다. 미터 대로 요금을 받지 않는 경우도 많고 미터의 이삼십 퍼센트를 올려받도록 규정한 도시도 있어서 부당요금이 공적으로 합법화되기도 한다. 내가 사는 도시도 그렇다. 그러나 요금 삼천 원 나오는 거리를 사천 원 주고 타는 것은 괘씸하고 억울하기 짝이 없다. 외출해서 귀가할 때마다 택시요금 천원을 깎기 위한 갖은 음모와 설득 그리고 입씨름이 동반되며 그때마다 하루 생존의 피곤함과 더불어 삶의 힘겨움을 느끼고 하루가 다 망가진 느낌까지 들 정도다. 이 도시의 외곽에 사는 사람들은 대개 빈민층이나 농민들로서 자가용이 없는 가난한 사람들인데다가 버스는 드물고 택시요금까지 턱없이 비싸기 때문에 고통받는다.

그러나 때로 폭우가 퍼붓거나 눈보라 휘몰아 치는 날에는 택시요금 사천 원이 조금도 아깝지 않으며 오히려 나를 집으로 실어다 주는 택시가 너무도 고맙게 느껴진다. 그리고 운전사 나름대로의 생존을 위한 고뇌가 가슴 가까이 다가오기도 한다. 생각해 보면 보통 때도 마찬가지로 나는 그들에게 신세지고 있는 것이다. 만일 택시가 지금처럼 흔한 것이 아니라 아주 드물다면 요금이 오천 원이라도 태워주는 것에 대해서만 감사할지도 모른다 (요즘 나는 항상 조심스럽게 운전하며 요금도 할인해주는 친절한 택시기사를 알게되어 단골로 이용하고 있다.).

만일 지금처럼 교통수단이 발달되어 있지 않다면 사람들 사이의 거리는 너무나도 멀고, 가까운 이들과의 이별은 떨어져 있는 긴 기간을 반드시 전제로 해야 할 것이다. 자동차의 발명자, 생산자, 공급자… 그 많은 이들에게 우리는 감사하며 살아가야 할 것이다. 그리고 더 나아가 우리의 의식주의 편리함을 제공해주는 모든 이들에게 감사해야 하며, 결국 한 사회 속의 거의 모든 구성원들에게 감사해야 할 것이다.

"이 세상 최초의 인간인 아담은 빵을 먹기 위해… 먼저 밭을 일구고 씨를 뿌리고, 그것을 가꾸고, 거두어 들이고, 갈아서 가루를 만들어 반죽하는 등 15단계의 과정을 거치지 않으면 안 되었다. 지금은 돈만 있

네 마음 모두
씻어버려

으면 빵집에 가서 만들어 놓은 빵을 얼마든지 사올 수 있다. 옛날에는 혼자서 해야 했던 15단계의 복잡한 작업을 많은 사람이 나누어 하고 있으므로, 빵을 먹을 때에는 많은 사람들에게 감사하는 마음을 잊어서는 안 된다.

인류 최초의 인간은 자기가 입을 옷을 만들기 위해서 대단히 많은 일을 해야 했다. 양을 사로잡아 크게 키운 다음 털을 깎고 옷감을 짜서 만들어 입기까지는 상당한 노고가 필요했다. 지금은 돈만 있으면 그 자리에서 옷을 사 입을 수 있다. 옛날에는 혼자서 했던 작업을 많은 사람들이 해주므로, 옷을 입을 때에도 많은 사람들에게 감사하는 마음을 잊어서는 안된다 (N. 71~72)."

비록 내가 아무것도 받지 못하고 오히려 무엇인가를 일방적으로 주어야 하는 대상들에게도 내가 그들에게 무엇인가를 베풀 수 있다는 것, 이 세상에 내가 무엇인가를 베풀 수 있는 대상이 있다는 것, 베품의 기쁨을 누릴 수 있게 한다는 것에 대해 역시 감사해야 할 것이다.

인생 전체를 생각하라

인생 전체를 두루 살펴보지 못한다면 아주 작고 사소한 일로 괴로움과 절망에 빠질 수도 있다. 예를 들면 나의 경우 중학교 때 체육을 잘 못했고 특히 거꾸로 구르기를 도저히 할 수가 없었다. 체육시간 거꾸로 구르기 시험에서 나는 반복해서 낙제했다. 나는 미칠 듯이 속상해서 체육관 바깥에서 엉엉 울었다. 때마침 날도 시커멓게 흐려서 천둥치고 폭우가 내리고 있었다. 나는 내가 이 세상 최고의 비극을 겪는 듯한 착각에 빠졌다. 그 당시로서는 인생관도 가치관도 서 있지 않았고 내가 무엇이 될 것인지에 대해서도 확고한 의지가 서 있지 않았었다.

만일 내가 작가가 되고 철학자가 될 것이라는 인생 계획을 가지고 있고 내 삶에서 체육점수 같은 것은 하찮은 가치밖에 없다는 것을 인식했다면 그렇게까지 절망하지는 않았을 것이다. 그 뒤로도 자전거 타기 시험, 그리고 탁구시험에도 연속 낙제했고, 교련시간에 발이 틀려 자주 꾸지람을 들었으며 무용시험은 너무 공포스러웠다. 요즈음 입시지옥으로 학교성적 때문에 중고

시작뿐 아니라
끝도 중요해

생들이 걱정하고 낙담하는 것을 자주 전해 듣는다. 그들에게 인생 전체를 보고 전과목이 아니라 인생 목표와 직결되는 과목에 가치를 둘 것을 권고하고 싶다. 그리고 입시만이 인생 성공의 길이라는 착각도 학생이나 학부모 모두 버릴 것을 권하고 싶다.

"건축공사의 보조적 노동에 종사하는 사람은 전체 설계에는 아는 바가 없고, 가령 알고 있다고 하더라도 끊임없이 그것을 염두에 두고 있는 것은 아니다. 생애에 있어서의 하루하루, 그리고 한시각 한시각을 형성하고 있는 인간도 자신의 생애 전체에 대해서는 그와 마찬가지의 관계에 서 있다. 자신의 생애가 당당하고 무게가 있으며 계획적이고 개성이 강한 것일수록, 그 축소적 윤곽 곧 설계를 명료하게 떠올리는 일이 필요하고 유익하다.

그러기 위해서는 '너 자신을 알라' 고 하는 삶의 방식을 취해야 한다. 즉 자신이 진정으로 희구하는 것이 무엇이며, 자신의 행복에 있어서 가장 본질적인 것은 무엇인가, 그 다음에 위치하는 욕구는 어떤 것인가를 알아두어야 한다… 생애에 대한 설계를 축소해서 바라보는 것은 우리를 격려하고 분발시켜 활동의 힘을 불어 넣어 줄 것이며 나쁜 길로 빠져드는 것을 막아줄 것이다." (E. 152~153)

잠정적인 금전적 손실과 실연의 아픔 또한 인생 전체의 설계도의 관점에서 그 의미와 크기를 계산해야 할 것이다. 잠시 동안의 적자상태를 마치 거지로 전락한 듯 절망적으로 바라볼 것이 아니라 앞으로의 전망에 대해 그리고 인생에서 도달하고자 하는 재산수준에 어떻게 도달할 것인가에 대해 끊임없이 궁리해야 할 것이다. 그리고 어떤 한 이성과의 사랑의 실패가 인생 자체의 실패이고 끝인 듯 착각하는 일도 없어야겠다. 내 생명이 있고 내 인생이 있은 다음에 사랑도 의미가 있는 것이다. 물론 사랑이 삶에서 아주 중요한 활력을 제공하지만 사랑이 생자체보다 무거운 무게를 갖는 것은 아니다. 그리고 일생 동안 사랑할 수 있는 이성은 단 한 사람밖에 없는 것은 아니며 사랑은 추운 겨울 뒤에 솟아오르는 새싹처럼 얼마든지 다시 싹틀 수 있는 것이다.

이렇게 엉킨 세상에서
네 맘이 어떻겠니?
텔레토비

높은 곳에서 삶 전체를 바라보고 삶의 뚜렷한 윤곽을 다시 확인하며 작은 것들의 작음을 깨닫고 한번 시원하게 웃어보자.

이성에 대한 사랑 때문에
괴로워하지 않아도 된다

*사랑은 본래 변화하는 것이다. 사랑도 살아있는 한 인간의 가슴 속에 들어있는 것인 한, 바깥이 변하고 몸이 변하고 머리가 변하면 사랑도 변하게 마련이다. 세상 모든 것이 변했는데 가슴 속의 사랑만은 변하지 않았다고 믿는 것은 촛불이 다 타들어가는데 촛농이 전혀 흐르지 않는다는 말과 같은 거짓말 또는 착각이다. 만일 변치 않는 사랑이 있다면 그것은 단지 더 좋은 사람이 나타나지 않았기 때문이다. 사랑은 단지 한 사람을 향하는 것이라는 편견이 우리를 절망에 빠뜨리고 그 절망 때문에 그 사랑에서 빠져나오지 못하게 되는 것이다. 그러므로 사랑은 불변이라는 편견에서 해방되는 것이 필요하다.

**내 사랑이 거부당한 것은 내가 못난 탓이 아니다. 이 세상 최고 미녀와 최고 천재도 실연당한다. 실연의 이유는 성질이 서로 맞지 않지 않기 때문일 수도 있고 상황이 맞지 않기 때문일 수도 있다. 성질이 서로 맞지 않음은 오직 나만의 탓이 아니다. 병과 병뚜껑이 맞지 않는다면 병과 병뚜껑 둘 다에 문제가 있는

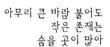

아무리 큰 바람 불어도
작은 존재는
숨을 곳이 많아

것이다. 서로의 상황이 맞지 않는 것은 그쪽 탓도 내 탓도 아니다. 그러므로 실연의 책임을 일방적으로 나에게만 돌리는 것은 부당하고 어리석은 짓이다.

 ***인간은 본래 홀로 존재한다. 내 손이 바늘에 찔렸을 때 결코 다른 사람 손에서 피가 새어나오는 법은 없다. 그리고 사랑이 이루어졌다고 해도 사랑의 행복은 단지 잠시 동안 우리 곁에 머물 뿐이다. 인간은 언젠가 또다시 고독해지고 지루해진다.

 ****인류의 절반은 남자이고 절반은 여자다. 그 가운데 최소한 십 분의 일은 멋지고 현명하며 내게 상처를 준 그보다 훨씬 더 나은 사람들이다. 관심의 촉각을 넓은 세상으로 돌릴 것.

 *****비록 사랑은 얻지 못했지만 나는 살아있고 건강하다. 이 건강한 몸으로 얼마든지 다른 행복을 만들어낼 수 있다.

적절한 쾌락으로 삶의 활기를 유지하라

독일에서 유학할 당시 같은 기숙사에서 살던 한 친구가 생각난다. 그녀의 냉장고는 항상 텅 빈 상태였고 기껏해야 요구르트한 통과 오이 한두 개가 내용물의 전부였다. 그녀는 요구르트와오이를 다 먹어치우기 전에는 절대로 장을 보러 가지 않는 주의였다. 그녀는 얼마 후 고독에 지쳐서 짐을 싸고 귀국길에 올랐다. 정든 가족과 떨어져서 먼 타국에 홀로 사는 외로움과 불안속에서 그녀는 음식이라도 조금 더 맛있게 해먹었어야 했을 것이다. 항상 금욕적이며 매사를 칼같이 맺고 끊는 그 친구가 존경스럽다. 그러나 석가도 "악기줄이 너무 팽팽하면 끊어져서 소리를 낼 수 없다"고 충고했다. 지나친 금욕과 절제는 몸과 마음모두에 해롭기까지 한 것이다.

요즘의 경제적 불황기에 주위 친구들을 보면 굉장히 검소한생활을 하고 있다. 이 도시에서 저 도시로 주야로 강의하러 다니면서도 아늑한 카페에 앉아 커피 한잔 마시며 쉬는 법이 없다. 끼니도 빵 한 개, 커피는 자판기 커피다. 카페의 커피값이 4천

넌 어떤 것을
볼거야?

원까지 하는 곳도 많이 있어서 때로 돈이 아까울 때가 있지만 몸
과 마음의 편안한 휴식은 값으로 따질 수 없는 것이다. 일년 삼
백육십오일 언제나 허리띠를 졸라맬 수는 없는 것이다. 언젠가
한 번은 허리띠를 풀고 맘껏 즐기는 날도 있어야 한다. 가끔씩
의 마음의 이완은 생활의 활력소가 될 수 있다.

  인도인은 쾌락추구도 인생의 목표 가운데 하나로 보며, 깨달
음과 구원으로 이르는 필수적인 통로로 본다. 이슬람교의 코란
도 "여인들은 그대의 밭이다. 그 밭을 그대가 원하는 대로 경작
하라"고 말하고 있다. (O. 134, 341)

  물론 지나친 향락과 무절제는 삶에서 무엇인가 가치있는 것
의 생산을 방해한다. 쾌락은 삶의 밑거름이 되는 것으로 족하며
그것이 삶이라는 바구니 전체를 꽉 채워서는 안된다. 쾌락으로
만 채워진 삶은 연료만 많고 핸들이 없는 자동차와 같다.

당신 몸 속의 간질거림이 당신을 과도한 성교로 몰고 간다. 원한다면 그 충동을 따라가라. 그러나 그때에 법을 위반하거나 예의를 벗어나지 않도록 신경쓰라. 그리고 이웃 사람을 괴롭히거나 당신의 건강을 해치지 않으며, 당신의 힘을 낭비하지 않도록 주의하라. 그러나 그 가운데 어떤 것 하나라도 걸리지 않는 것은 어려운 일이다. 왜냐하면 애정의 쾌락은 어떤 이익도 가져오지 않기 때문이다. 당신이 그것으로 인해 해를 입지 않으면 다행이다. (H. 67)

에피쿠로스는 몸과 영혼의 고요한 평화를 최고의 쾌락으로 보며 그것은 이성의 힘에 의해서만 도달될 수 있다고 본다. 몸에 질병이나 고통이 없고 마음의 불안이나 걱정이 없으면 우리는 더 이상 바랄 것이 없는 것이다. 이성으로 우주의 이치를 깨달으면 불안은 없어지며 이성으로 욕구를 다스리면 무절제로 인한 정신적 고통을 방지할 수 있다. 과도한 쾌락은 삶에 불필요한 것이며 삶을 방해하는 것이다.

난 발로
피아노를 치지

　그러나 과도한 향락과 마찬가지로 과도한 금욕 또한 우리가
경계해야 할 것이다. 과도한 금욕은 이성주의자인 에피쿠로스
도 반대했다. 에피쿠로스는 신체적 욕구불만으로 삶이 방해받
지 않기 위해서는 어느 정도의 쾌락을 가져야 한다고 보았다.
배고픔이나 성욕으로 일을 제대로 할 수 없는 상태는 바람직하
지 않은 것이다.

　욕망은 삶을 짓는 건축재료이기에 욕망을 모두 잘라서 버리
는 것은 삶을 공허하게 하는 것이며 반대로 욕망을 잘 다듬고
순화시키지 않고 그대로 둔다면 삶의 건축은 추하게 되고 붕괴
될 것이다. 요리를 맛있게 하는 것은 재료보다 양념이듯이 아름
다운 삶은 욕망을 어떻게 요리하는가에 달려있다. 즉 욕망 자체
는 좋은 것도 나쁜 것도 아니다. 그것은 자연스러운 것이기 때
문이다. 그러나 욕망을 다스리는 법에는 좋은 것도 있고 나쁜
것도 있다. 욕망의 적절한 순화와 절제는 삶을 평화 가운데서
활기있게 진행시킬 것이다.

질투는 행복의 적이다

타인의 불행이 언제나 동정심을 불러일으키는 것은 아니며 반대로 타인의 행복이 언제나 나의 기쁨을 불러일으키는 것은 아니다. 오히려 남이 잘되면 배가 아프고 남이 안 되면 고소한 맛을 느끼는 일이 많다. 인간은 타인의 감정에 함께 공감할 수도 있지만 거기에 무관심하거나 반감을 가질 수도 있다. 관계가 밀접할수록 서로 동감을 많이 하지만, 때로 타인의 행복에 내가 슬퍼함을 보고 스스로 놀라는 경우도 있을 것이다. 그리고 그것을 계기로 관계가 진정으로 밀접한 것이 아니었음을 깨닫게 되는 것이다.

동감이란 스피노자의 정의에 따르면 타인의 행복을 기뻐하며 반대로 타인의 불행을 슬퍼하도록 만드는 자극이며 일종의 사랑이다. 질투는 이런 동감에 대립되는 것으로 일종의 미움으로서, 타인의 행복을 슬퍼하며 타인의 불행을 기뻐하도록 만드는 자극이다. (M. 195)

도덕의 세계는 질투가 아닌 동감을 요구하며, 타인의 슬픔과

결국은 머리 때문에
싸우는 거야

고통을 함께 마음 아파하고 타인의 행복을 함께 기뻐할 것을 요
구한다. 타인의 불행을 보고 손뼉치는 것, 그리고 불행에 빠진
사람을 보고도 무관심하게 지나치는 것은 매몰차고 냉담한 비
도덕적인 행위이며 더 나아가 그것은 타인을 괴롭히는 데서 즐
거움을 찾는 사악한 심술과 연속선상에 있는 것이다.

"수행이 없는 사람은 누군가 행복한 사람을 보면 그의 성공을 시기
하고 질투하는 경향이 있다. 그러나 우리는 다른 사람의 기쁨에 함께
즐거워하는 법을 배워야만 한다. 또 불행한 처지에 빠진 사람을 보면
비난하지 말고 함께 슬퍼할 줄 알아야 한다" (I. 79)

요가수트라는 질투가 자기를 닦지 못한 데서 기인한다고 보
고 있다. 우리의 자연스러운 감정인 질투를 꺾고 또다른 인간
본연의 감정인 동정심 또는 동감을 되찾아야 한다. 그렇게 해야
하는 이유는 동감이 도덕적이며 따라서 타인에게 해를 주지 않
고 이익을 줄 수 있기 때문이며 더 나아가서 나의 행복에도 보

탬이 되기 때문이다. 즉, 질투는 받는 자뿐 아니라 하는 자에게
도 고통스러운 일이기 때문이다.

사랑하는 남녀간의 질투도 끔찍한 것이다. 질투는 사랑에 비
례하지만 지나친 질투는 사랑을 파멸시킬 수도 있다.

"질투는 보이지 않는 것까지 보았다고 여기게 한다. 생각이 꼬리에
꼬리를 물어 망상을 낳는다… 어설프게 아는 것은 무서운 일이다. 어
설프게 아는 것은 망상의 방아쇠가 되고 말기 때문이다. 그리하여 질
투에 미친 마음은 뼈까지 썩게 하고 마는데 이렇게 되면 노여움은 끝
없는 홍수와 같이 넘쳐 흘러서 억누를 방법이 없어지고 마는 결과가
된다" (N. 210)

그의 사무실에 전화벨만 울려도 마치 다른 여자에게서 온 전
화인 듯 생각되어 가슴이 철렁하고 누가 노크만 해도 가슴이 뜨
끔하다. 만일 그가 다른 여자와 나란히 걷고 있는 것을 멀리서

괜찮아!
혼자서 해내는 거야

본다면 심한 절망에 빠져 몸을 주체할 수 없다. 그가 나를 사랑
한다고 끊임없이 고백해도 한쪽 귀로 흘려버리고 그의 행방에
대해 캐물으면서 그녀가 누구냐고 분통을 터뜨린다… 이렇게
되면 둘의 관계는 결코 행복할 수 없다. 이 세상 넓은 곳의 이야
기와 그 많은 주제에 대해 대화하고 따스한 눈길을 교환할 시간
에 질책과 고문만이 계속되기 때문이다. 그는 매일같이 그녀의
찌푸린 얼굴만을 보게 된다. 그러던 어느 날 그는 환한 미소를
짓는 어떤 여자에게 홀딱 빠져들지도 모르는 일이다.

　담담한 마음과 여유는 언제 어디서나 필요한 것이다. 아주 외
롭고 쓸쓸한 어떤 불쌍한 여자를 위해 하루쯤 그를 빌려줄 수도
있다는 여유, 그도 나 이외에 대화할 수 있는 두세 명의 여자친
구는 필요할 것이라는 관용… 그런 넉넉한 마음은 그가 내 안에
서 자유를 느낄 수 있도록 해주고 내가 그에게 진정으로 필요로
하는 여자임을 절감하게 해 줄 수 있는 것이다.

"질투는 인간 본연의 감정이다. 그러나 질투는 죄악인 동시에 불행이다. 그러므로 우리는 질투를 행복의 적으로서 그리고 악마로서 열심히 퇴치해야 할 것이다… 우리가 갖고 있는 것을 다른 것과 비교하지 말고 기뻐하자. 자기보다 더 행복한 사람을 보고 괴로워 하는 자는 결코 행복해질 수 없다… 많은 이들이 그대보다도 앞서 있는 것을 볼 수 있다면 얼마나 많은 이들이 그대보다 뒤쳐져 있을까를 생각해 보라"
(E. 176)

남에게 질투받는 사람이 취할 대책이 있다면 그것은 그런 타인의 무리의 접근을 금지시키고 접촉을 피하는 것과 그들의 책략에 대해 아주 태연한 태도를 취하는 것이다. (E. 177) 그런 책략은 나의 우월성을 점점 더 확증해 주며, 그 책략은 아무짝에도 소용이 없는 것으로 입증될 것이다.

부끄러워 하지마
너를 보여줘

"오, 주여! 미움이 있는 곳에 사랑을, 다툼이 있는 곳에 용서를
분열이 있는 곳에 일치를, 의혹이 있는 곳에 믿음을 심도록 나를
도와 주소서. 오류가 있는 곳에 진리를, 절망이 있는 곳에 희망을,
어둠이 있는 곳에 광명을, 슬픔이 있는 곳에 기쁨을 심게 하소서.
위로받기 보다는 위로하며, 이해받기 보다는 이해하고, 사랑받기
보다는 사랑하여 자기를 완전히 줌으로써 영생을 얻기 때문이니.
주여, 나를 평화의 도구로 써 주소서."

(성 프란체스코의 기도. β. 71)

처음부터 일의 완성을 생각하지 말 것

할 일이 산더미처럼 쌓여 있을 때 그 일을 다 해치워야 된다는 강박관념을 가지고 있으면 일을 시작조차 하기 싫게 된다. 오히려 한두 가지 아주 작은 일을 완성하면서 그 많은 일 가운데 비록 조금이라도 무엇인가 했다는 만족감과 기쁨을 느끼는 것이 중요하다. 그렇게 조금씩 일을 해나가다 보면 머지않아 커다란 일 하나를 완성하고 그 다음 또 다른 큰 일 하나도 뒤따라 완성하게 된다. 강박관념과 일에 대한 부담감, 혐오감, 의무감으로 일을 했을 때와 기쁨과 만족을 느끼며 했을 때 일의 성과에는 커다란 차이가 있다. 일을 하는 동안의 내 인생의 부분부분을 기쁨으로 채운다면, 결국 인생 전체가 기쁨으로 가득 채워지게 될 것이다.

일을 주제별로, 목차별로 구분하고 분리하여 하루와 일주일 간의 계획표를 세우는 것도 유용하다. 그렇게 되면 계획표에 있는 일만을 일단 완수함으로써 마음을 편안히 가질 수 있고 일 전체에 대한 부담감에 시달릴 필요도 없기 때문이다. 예를 들면

TV를 끄고
내 영혼을 켜 봐

월수금은 영어, 화목토는 불어, 일요일은 휴식 그리고 월요일 오전에는 영어문법, 오후에는 회화, 저녁에는 작문으로 과제를 분리하는 것이다.

머리가 아프거나 몸이 지쳐있을 때는 일을 중단하고 지체없이 휴식해야 한다. 억지로 일을 진행한다면 일의 효과도 없고 의욕을 상실하게 될 수도 있다. 그리고 한 가지 큰 과제를 완성한 후에 자기가 좋아하는 것 한 가지를 함으로써 자기에게 상을 주고 격려하며, 다음 일을 착수하기 전까지 조금 간격을 두고 휴식을 취하는 것이 좋다. 영화를 좋아한다면 극장에 갔다 올 수도 있고, 좋아하는 음반 한 장을 살 수도 있는 것이다.

일은 될 수 있으면 기쁨과 흥미로써 해야하며 스스로 일의 기쁨과 흥미를 유지하도록 자기 자신을 요령있게 유도해야 한다. 하고 있는 주된 일이 자신의 개성에 맞을 때는 다행이지만 그렇지 못한 경우도 많다. 그럴 경우라도 최소한 일에 질리는 일이 없도록 일을 잘게 나누고 시간에 따라 분담해야 한다.

　하루종일 책 한 권을 다 읽고도 아직 불만에 가득찬 사람이 있는가 하면 한 페이지를 읽고도 그 속의 깨달음에 대해 흠뻑 만족하는 사람도 있다. 나태로 빠지지만 않는다면 후자의 태도가 오히려 바람직하다. 조그만 일에도 만족할 수 있는 자세는 아름다운 것이다. 작은 일에 만족할 수 없는 사람은 큰 일을 이룬데 대해서도 그렇게 만족할 수 없을지도 모른다.

현재를 즐길 수도 있어야 한다

아는 사람들과 함께 등산을 갔을 때의 일이다. 길은 너무 멀고 지루했고 나는 지칠 대로 지쳐있었다. 다른 사람들은 모두 같은 나이 또래의 건장한 남자들이었기에 나는 자꾸 꽁무니에 뒤쳐져 있거나 길 옆에 주저앉기가 일쑤였다. 산속의 꽃들은 평지에서 못보던 신기하고 아름다운 것들이었다. 나는 꽃을 바라보고 만지며 나름대로 즐기고 있었다. 그때였다. 한 동료 교수가 빨리가자고 재촉했다. 나는 그에게 예쁜 꽃들을 관찰하면서 천천히 가는 게 어떻냐고 물었다. 그는 어이없는 표정을 지으며 빨리빨리 걸어야지 운동이 되고 등산의 의미가 있는 것이라고 주장했다. 나는 할 수 없이 일어나 그를 뒤따라 갔다. 그날 등산은 걸음마 연습 그 자체였고 그 이상의 아무런 맛도 즐거움도 없었다. 등산의 의미가 그런 것이라면 멀리 기차 타고 산에 오를 필요 없이 학교운동장 천 바퀴 도는 것이 더 나을지도 모른다는 생각이 들었다.

철학자 하르트만은 현대인의 삶이 심오한 깊이를 찾기에 불

리하며 고요와 명상이 결핍되어 있다고 말한다.(P. 16) 삶은 정
지없는 서두름 그 자체이고 목적의식이나 생각을 가질 틈도 없
는 숨가쁜 경쟁 속에 놓여 있다. 뿐만 아니라 현대인은 아무것
도 체험하거나 파악하지 못하며 감동하지 못하는 둔감함 속에
빠져있다. (P. 16)

이 세계는 너무도 풍요로운 가치로 흘러 넘친다. 그렇기 때문
에 영혼의 빈곤함과 공허한 삶은 눈앞에 있는 것이 무엇인지 몰
라서, 먹을 것을 잔뜩 쌓아 놓고도 굶어 죽는 비극과도 같다.
(P. 11)

아무 느낌도 감동도 없는 기계적인 전진과 전진은 진정한 의
미의 현실적인 삶이 아니라 달리는 기차 속에서 구경하는 먼 추
상적 풍경에 불과한 것이다. 앞으로 진행할 때도 있지만 멈춰
서서 사물 속에 몰입하고 인간들과 동감해야 할 때도 있는 것이
다. 한번 지나간 삶의 순간과 상황은 다시 되돌아오지 않기에
머물러야 하는 순간을 적시에 포착하는 것이 중요하다.

정해진 규칙은 없어
너만의 규칙을 찾아봐

멈추지 않는 삶은 과거와 미래로만 구성되어 있고 현재가 없
는 삶이다. 그것은 순간순간을 단지 흘려보내기만 할 뿐이기 때
문이다.

지나치게 현재에만 편중하며 사는 사람들은 경솔하며, 지나
치게 미래에만 집착하는 사람은 소심하다고 할 수 있지만 현재
를 유일무이한 한 순간으로서 놓치지 말아야 한다. (E. 154) 탈무
드는 "좋은 항아리를 가지고 있다면 그날 안에 사용하라. 내일
이 되면 깨어질지도 모른다"고 경고한다. (N. 98)

"미래에 대한 계획과 배려에만 전념하든가, 과거에 대한 동경에 잠
기는 것을 중지하고 현재야말로 유일하게 현실적이며 확실한 것이라
는 것, 그리고 미래는 우리의 상상과 판이하게 다르다는 것, 미래도 과
거도 전체적으로 볼 때 겉보기만큼 그렇게 대단한 것이 아니라는 것을
잊지 말아야 한다… 저지른 과거는 지나간 것으로 묻어버리고 아무리
괴롭더라도 고동치는 심정을 달래도록 하자. 미래는 하느님의 품 안에

있는 것으로 여길 것이며 현재는 마치 한 평생처럼 바라보라. 이 유일
한 현실적인 한때를 가능한 한 즐겁게 보는 것이 좋을 것이다."

(E. 155)

인간을 생긴 그대로 이해하고 받아들일 것

평생 동안 자기 아내를 죽도록 고생시키고 따뜻한 위로의 말 한마디 건네지도 못한 한 남자가 과거에 대한 아무런 진정한 뉘우침도 없이 늙고 허약한 아내에게 계속해서 시시콜콜 자기 시중을 들게 했다. 양식도 떨어져가고 벽도 허물어져가는데 그는 손하나 까딱하지 않고 매일 낮잠만 자고 쓸데없이 돌아다녔다. 그렇다면 천하에 저런 쓰레기같은 인간이 또 있을까 하며 보는 사람마다 혀를 찰 것이다. 그런데 그는 한 가지 중요한 일을 하고 있었다. 그것은 그가 존재한다는 것이었다. 그는 그가 존재함으로써 아내에게 허전하지 않게 해주고 누군가 베풀 수 있는 인간이 곁에 있도록 한 것이며, 살아갈 힘을 부여한 것이었다.

인간은 각자 생긴 모습이 있다. 얼굴과 신체뿐 아니라 거동과 태도, 습관이 나름대로 고정되어 있는 것이다. 어떤 인간은 산뜻하고 어떤 인간은 불쾌할 수도 있다. 어떤 인간은 매력적이고 어떤 인간은 역겹다. 삶 속에서는 아주 많은 다양한 사람들과의 만남이 있으며 언제나 좋은 사람하고만 조우하는 것은 아니다.

특히 가족이나 친척 또는 이웃이나 직장 안에서 끊임없이 불쾌감을 주는 사람들이 종종 있으며 그로 인해 시종일관 어둡게 살아야 할 경우가 있다.

그러나 그런 사람들을 겉으로 단호히 배척해서도 안 되며 속으로나마 완전히 무시해서도 안 된다. 그들은 그들 나름의 어쩔수 없는 운명과 개인적 일대기를 갖고 있기 때문이다. 그리고 그들의 모습이 아무리 추하더라도 완전한 무용지물이라고는 단정내릴 수 없다.

"다윗왕은 평소에 거미는 아무 데나 집을 짓는 더러운 동물이며 아무 소용도 없는 것이라고 생각하고 있었다. 그런데 어떤 전쟁에서 그는 적에게 포위되어 달아날 길을 잃고 말았다. 궁여지책으로 그는 어떤 동굴로 숨어들었다. 마침 동굴 입구에 거미 한 마리가 집을 치고 있었다. 뒤이어 쫓아온 적병은 동굴 앞에 멈췄으나 거미줄이 쳐져 있는 것을 보고 모두 돌아가 버렸다." (N. 50)

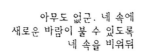

아무도 없군. 네 속에
새로운 바람이 불 수 있도록
네 속을 비워둬

겉보기에 흉한 거미를 갑자기 사랑하는 것은 불가능하지만 거미 나름의 있는 그대로의 존재와 가치를 인정해 줘야 할 것이다. 인간을 이해하고 사랑하게 되면 그를 있는 그대로 받아들이게 된다. 거꾸로 있는 그대로 받아들임은 사랑 그 자체이기도 하다. 아름답고 건강하고 착한 것만 사랑한다면 이 세상은 냉혹해질 것이다. 알고 보면 이 세상에 존재하는 것들은 모두 상처와 흠집이 있는 것들이다. 소수의 가치 있는 존재들만 사랑받고 나머지는 배척당한다면 세상은 어둠으로 가득찰 것이다.

불완전한 것들을 자비로 감싸는 마음이야말로 이 세상을 살맛나는 세상으로 만들어 줄 것이다. 한 인간의 불완전성은 상처와 흠집에 기인하기도 하지만 때로는 다른 측면의 완전성을 형성하는 데에서 생긴 부산물 또는 그것을 위해 치른 대가일 수도 있다. 예를 들면 예술가의 천재성은 이기주의와 편협성, 편집증을 그 반대급부로 요구한다. 예술가의 이기주의만을 탓한다면 그를 있는 그대로 이해한다고 할 수 없다. 이기주의와 천재성이

라는 음지와 양지를 동시에 파악할 때 그리고 그 두 개가 뗄 수
없는 쌍둥이임을 파악할 때 그를 객관적으로 이해했다고 할 수
있다.

타인을 있는 그대로 받아들임은 자기 초월과 망아를 요구한
다. 자기의 주관적 관점의 투사를 중지하고, 즉 자기의 눈을 버
리고 또다른 초월의 눈으로 사물을 바라보는 태도가 필요한 것
이다. 그러므로 타인을 있는 그대로 받아들임은 인간적 단계를
초월하여 만물을 사랑으로 바라보는 절대자의 경지에 접근하
는 것이다. 즉 타인을 있는 그대로 받아들임은 그만큼 어려운
것이다.

어떤 사람의 결점은 진정한 결점이라기보다는 내가 어렸을 때부터
받은 교육과 세상을 보는 틀이 그것을 결점으로 보게 만들고 싫어하도
록 만든 것일 수 있다. 그의 결점이 단순한 나의 주관적 관점에 의해
나타난 환상이 아니고 진정한 결점이라면 그것은 그의 악의 때문이 아

잠시 쉬고 있지만
곧 날아갈거야

니라 그의 잘못된 경험과 생각 즉 그의 무지에서 온 것이다. 이런 식으
로 생각한다면 우리는 타인에게 관용과 용서를 베풀 수 있을 것이다.
(T. 113~114)

타인의 품성을 필연적인 것으로 받아들일 것

내가 독일에 있을 때 일이다. 학교 근처를 지나고 있는데 얼굴이 몹시 핼쑥하고 수염이 더부룩한 한 남자가 내게 길을 물었다. 기분이 내키지 않았지만 한국식으로 친절하게 대답했다. 그는 차 한잔 할 것을 제의했고 바로 앞집이 자기 집이니까 카페로 갈 필요없이 자기 집으로 가자고 했다. 나는 또다시 한국식으로 거절하지 못하고 억지로 따라갔다. 그의 인상과는 달리 그의 집은 깔끔하고 장식품도 고풍스러웠다. 한참 이야기를 나눈 뒤 헤어질 때 그는 나의 주소를 물었다.

며칠 뒤 그는 기숙사로 찾아와 몸이 아프니 좀 누워야겠다고 엄살을 부렸다. 내가 곤란하다고 거절하니까 그는 기분이 상해서 곧 되돌아갔다. 그런데 두어 시간 뒤 그가 다시 나타나 벨을 눌렀다. 나는 섬뜩한 기분이 들어서 문을 열어주지 않았다.

그는 온갖 협박을 가하기 시작했다. 나는 도와달라는 편지를 볼펜에 매달아 옆집 베란다로 던졌다. 마침 집에 있던 옆집 친구가 복도로 나가 그를 설득하여 되돌려 보냈다. 그 뒤 이삼년 동안 그는 이 골목 저 골목에서 불쑥 나타나 나를 놀라게 했다.

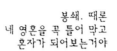

봉쇄. 때론
네 영혼을 꼭 틀어 막고
혼자가 되어보는거야

　가까운 관계에 있는 사람들 뿐만 아니라 전혀 모르는 낯선 타
인의 불쾌한 인성이나 태도 역시 그들로서도 어쩔 수 없는 필연
성으로 이해해야 할 것이다.

　아주 낯선 사람들의 말이나 태도가 불쾌할 때 우리가 그들의
성품이나 상황을 전혀 모르기 때문에 그들이 나를 우습게 보고
의도적으로 불손한 태도를 취한다고 단정 내리기 쉽다. 그러나
그것은 대개 사실이 아니며 그들은 몹시 피곤하거나 생존에 시
달릴 수도 있으며, 형성된 성품 자체가 삐딱할 수도 있는 것이
다.

　물의 흐르는 성질, 돌의 단단한 성질처럼 인간 속에도 나름대
로 굳어진 성질이 있다. 그 굳어진 성질은 타인을 방해할 수도
있고 자신에게도 하나의 허물 수 없는 벽처럼 작용할 수 있다.
마치 물의 흐름이나 돌의 단단함처럼 그것을 우리는 당연한 것
으로 이해할 수 있어야만 한다.

"사람들과 함께 살아가지 않으면 안 되는 이상, 어떤 개성이나 아무리 졸렬하고 가련한 개성이라 하더라도 절대적으로 배격할 수 없다. 개성은 자연에 의해서 정해지고 부여된 것이기 때문이다. 개성은 현재의 이와같은 존재방식으로 있지 않을 수 없는 불변의 것이라 보아야 할 것이다. 몹시 심한 개성이라고 여겨지는 경우에는 '이런 별종도 다 있군' 하고 생각하는 것이 좋다…

사람들이 우리의 방해가 되는 경우 그것도 역시 그 사람의 본성에서 비롯되는 필연성에 의한 것이므로, 이 필연성을 마치 무생물의 관성과 같은 것으로 생각하는 습관을 들여야 한다. 그러므로 사람들의 행위에 대해 화를 내는 것은 마치 굴러오는 돌에 대해 화를 내는 것과 같이 어리석은 짓이다. (E. 192~194)

나 스스로의 자기 비하와 자기에 대한 불만족이 클수록 타인의 태도에 대해 더욱 민감하고 더 큰 불쾌감을 느끼게 된다. 낯선 타인의 경우 그가 나에 대해 아무것도 아는 것이 없고 내가 잘못한 것도 없다면, 절대로 과민반응을 보일 필요가 없다. 최

네가 이 세상에
남길 것은?

선의 길은 그를 마치 바위 보듯이 묵묵히 지나쳐 버리는 것이
다. 그를 냉대하거나 무시하거나 조롱할 필요가 조금도 없다.
그리고 그에게 분노를 내보이거나 그를 적대시할 필요도 없는
것이다. 내심으로 그가 조금 불쌍하다고 생각하는 것은 해롭지
않을 것이다.

집착을 조절하라

"애욕이 있고 행위의 결과를 구하며
탐욕스럽고 해치려는 마음을 지니며
기쁨과 슬픔으로 가득찬 불순한 행위자는
격정적인 자라고 말한다"
"집착에서 벗어나고 나를 말하지 않으며
정진력과 열성으로 가득차
성공과 실패에 변화받지 않는 행위자는
선적인 자라 부른다" (α. 253~254)

　우리의 마음은 순간순간의 온갖 감각과 희노애락의 감정들이
오고가며 축적되는 장소이다. 과거에 어떤 체험을 했는가에 따
라 현재 상황에 대한 전혀 다른 해석과 느낌과 반응이 발생된
다. 즉 축적된 경험들, 내 마음을 채우고 있는 것이 어떤 색깔인
가에 따라 나의 반응이 달라지고 나의 미래는 다른 영향을 받게
되는 것이다. 태어나서부터 줄곧 사랑만 받은 인간과 반대로 증
오와 학대 속에서 성장한 인간은 현재 자신을 비판하는 상대방

너의 날개 속에
파묻히고 싶어

에게 전혀 다른 태도를 보일 것이다. 아무튼 우리 마음은 온갖 색과 형체들이 가물거리는 화면과 같다. 깊은 잠이나 죽음만이 그 화면을 정지시킬 수 있다.

　우리 두뇌 속에는 영장류의 두뇌 이외에도 무자비하며 공격적인 행동을 하는 파충류 단계의 두뇌가 들어있고 그 위에 이타적이고 사교적인 포유류 단계의 두뇌가 들어있다. 파충류 층과 포유류 층의 두뇌를 합쳐서 고피질이라 부르는데 이것은 본능, 식욕, 성욕, 군집욕의 발원지이다. 반면에 영장류 층의 신피질은 계산과 언어, 판단 그리고 인의 예지의 발원지이다. (G. 113~115)

　우리는 고피질의 온갖 욕구와 충동과 갈망 그리고 집착으로 고통받는다. 또한 신피질의 계산과 판단이 고피질의 욕구와 한데 어울려져서 명예욕, 권력욕, 지배욕 그리고 애증과 희노애락이 생기게 되며 그것 또한 괴로움의 원인이 된다. 어떤 것에 대해 어떤 이성적 판단을 하는가 보다도 어떤 것을 얼만큼 욕구하

며 집착하는가에 따라 우리의 삶이 보다 근본적으로 달라진다
고 할 수 있다.

　때로 강한 욕구와 집착은 성공에 필수적인 역할을 한다. 퀴리
부인과 에디슨의 집착이 아니었더라면 그들의 발명은 존재하지
않았을 것이다. 그러나 히틀러의 집착과 광신자들의 집착은 자
신은 물론 많은 타인들에게 해를 입히는 것이다. 한 개인의 집
착도 삶의 여러 다른 측면에 적용됨으로써 때로는 인정받는 결
과를 가져오기도 하고 때로는 비난과 파멸을 초래하기도 한다.
직업적으로 주어진 과제에 집착하는 것, 또는 어떤 책의 독서나
학문, 예술활동에 집착하는 것은 타인에게 해를 주지 않지만 타
인에 대한 증오나 질투에 집착하는 것, 도덕적으로 부정적 가치
를 갖는 일에 집착하는 것은 타인에게 큰 피해를 주며 자신 또
한 불행해질 수 있다. "집착은 욕망을, 욕망은 분노를, 분노는
마음의 혼란을 가져온다. 마음의 혼란은 경험의 교훈을 잃게 하
고 결국 분별력을 잃게 한다" (I. 133)

우린 서로
너무 좋아해

그러므로 상황에 따라 그리고 당면하고 있는 대상에 따라 집착의 양을 조절하는 지혜와 능력이 필요하다. 탈무드는 마음을 적당하게 조절할 수 있는 인간이 가장 강한 인간이라고 말한다. (N. 63) 눈꺼풀을 아래로 당김으로써 이 세상 모든 것들이 암흑으로 뒤덮이듯이 마음가짐에 따라 이 세상 것들이 전혀 무가치해질 수도 있다. 그런 마음가짐은 누구나 가질 수 있는 것이 아니고 그것은 그만큼 어려운 것이다. 바깥의 큰 바위 하나 옮기는 것보다 마음을 일 밀리미터 옮기기가 더 어려운 것이다. 그러기에 집착의 단절은 종교적 해탈에서나 있을 수 있는 일이다.

"영원한 것 대신에 일시적인 것에 집착하며, 순수함 그 자체 대신에 상대적으로 순수하다고 생각하는 것에 매달린다. 진정한 행복 대신 일시적 즐거움을 움켜쥐려고 발버둥친다. 그러나 그대의 만족도 잠시뿐이다. 그대가 쌓아놓은 튼튼한 성은 무너지고 아름다운 꽃은 그대의 손에서 시들어가며, 그대가 목을 축이던 맑은 물은 혼탁해진다. 무지는 이렇게 항상 그대를 배반한다. 그대는 새로운 대상을 찾아 눈을 돌리리라. 그러나 그것 역시 그대를 속일 것이다. 외적인 세계에서 행복을 구하는 인간의 절망적인 방황은 이렇게 계속된다" (I. 136)

무한의 지평에서 바라보면 세상 것에 대한 집착은 어느 것이나 허무하고 기만적인 것이다. 한 마디로 인간은 누구나 태어난 지 백 년쯤 뒤에는 반드시 흙으로 돌아가지 않는가?

그러나 모든 집착을 끊는다는 것은 평범한 인간으로서 불가능한 것이고 불필요한 일이며 무의미한 일이기까지 하다. 욕망과 집착 그리고 그것의 성취가 비록 표피적이긴 하지만 그것이 결국 모든 인생의 내용이 아닌가? 집착 없이는 삶도 없고 삶이 공허해지는 것이다. 집착을 끊으려고 매달리는 것, 무집착의 집착도 집착의 일종인 것이다.

그렇다면 중요한 것은 집착의 방향과 양의 취사선택이다. 자신의 인생에서 지고의 가치가 있다고 여겨지는 어떤 것이 있다

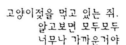

고양이젖을 먹고 있는 쥐.
알고보면 모두모두
너무나 가까운거야

면 거기에 대한 집착은 당연한 것이다. 그러나 자신 스스로가
보기에도 무가치한 것이거나 명확한 불행의 씨앗이 될 어떤 것
에 집착하는 것은 어리석다. 나도 나를 다스릴 길이 없을 때도
얼마든지 있다. 그러나 행동 제어는 어렵더라도 우선 인식이라
도 분명히 하는 것이 좋다.

어떤 사람이나 사물에 대한 집착에서 벗어나기를 원한다면 우선 그
사람이나 사물이 없이는 행복할 수 없다는 그릇된 믿음을 버려야 한
다. 집착하는 대상이 정말 필요하기 때문에 집착하는 것이 아니라, 어
떤 사람이나 사물 없이는 살아갈 수 없다고 생각하도록 고정된 틀과
관념에 얽매이고 세뇌 당했다는 것을 직시해야 한다. 나의 소망과 욕
구는 나에 의해 결정된 것이 아니라 부모, 사회, 문화, 종교와 과거 경
험에 의해 세뇌 당한 결과이다.

집착하지 않고 대상들을 있는 그대로 즐긴다면 그것들을 포기하거
나 단념함이 없이도 그것들을 계속 간직할 수 있으며 평화를 얻을 수
있다. 수천 송이의 꽃향기를 즐길 줄 안다면 굳이 한송이에 집착하지

않을 것이며 그것을 가지지 못한다고 고통스러워 하지 않을 것이다.
사물과 사람에 대한 취향을 보다 넓고 다양하게 발전시키지 못하게 방
해하는 것은 바로 집착이다 (T. 25, 31, 35)

"온갖 중심 중의 중심, 핵심 중의 핵심.

몸 닫고 달콤해져가는 복숭아열매.

온 별들에 이르기까지의 이 모든 것은 그대의 과육.

반가운지고.

보라, 아무것도 이제 그대에게 매달린 것이 없음을

그대는 느낀다.

그대의 과일껍질은 무한 속에 있고 거기에는 힘찬 과즙이

있어 밀려오고 있다.

그리고 밖으로부터 오는 광채가 그대를 돕는다.

저 위에선 그대 태양들이 충만하고 불타면서 돌려지고 있나니.

하지만 그대 내부는 벌써

태양을 극복하려고 꿈틀거린다." (W. 182~183)

혼란할 때는 마음을 털어놓고 표현하라

사랑하는 이성과의 관계에 금이 갈 때, 갑자기 큰 빚을 질 때, 큰 실수로 주위에서 비난당할 때 등등… 우리는 혼자 깊은 고민에 빠져든다. 일어난 일의 앞뒤를 세심히 그려보고 그때 이렇게 했어야 했다고 생각하며 후회를 한다. 어쩌면 그렇게 곰곰이 생각하는 것조차도 괴로워서 술이나 오락으로 기억을 지우려고 할지도 모른다. 그러나 자기 안에 쌓인 생각은 절대로 증발되지 않는다. 고민되는 생각의 촉촉한 생기를 말려버리려면 그 생각은 자꾸 반복해서 밖으로 표현되고 표출되어야 한다. 즉 마음의 혼란과 갈등을 글로 표현하거나 대화를 통해 말로 표출시켜야 한다. 그러면 고민을 모두 지울 수는 없지만 최소한 그것이 가슴 속에서 들끓어오르지 않게 되며 고민은 습기가 제거된 마른 흔적으로만 존재하게 된다.

핑계와 변명을 늘어놓기도 하겠지만 어쨌든 마음을 털어놓고 표현하는 동안, 자신의 본래적인 소망과 의지를 확인하게 될 것이다. 모든 자존심을 내동댕이 치고 그 사람을 소유하고 싶었다던가, 돈이 필요해서 도둑질이라도 하고 싶었다던가, 잘못을 타인에게 덮어씌우고 싶었다던가… 아무에게나 쉽게 털어놓을 수 없는 나의 어리석은 마음이 명료한 형체를 띠고 드러나게 될 것이다. 나 자신조차 스스로 인정하고 싶지 않았던 마음들이 내 속에 들어있음을 깨닫게 될 것이다. 그런 나를 명확히 아는 길이 나의 문제 해결의 필수적인 출발점이다.

"길러야 할 좋은 습관은 마음이 혼란스러울 때는 모든 것을 멈추고 자신의 마음 속을 똑바로 그리고 자세히 들여다 보는 것이다… 그러나 마음 속의 내용을 분석하는 일에 매달리는 실수를 저지르지 말아라. 그것은 시간 낭비이며 아마도 당신 스스로 언제 이렇게 느끼기 시작했는지… 왜 똑같은 실수를 반복하는지, 앞으로 이렇게 느끼지 않기 위해서 어떤 규칙을 세울 것인지 등을 자문하여 절망에 빠질 것이다.

그렇게 하지 말고 당신이 갖고 있는 용서하지 못한 생각들을 조용히 바라보라… 그것들의 소리를 끝까지 들어라. 당신의 두려움으로 하여금 미래에 대해 횡설수설하는 이야기를 말하게 하라. 당신의 분노로

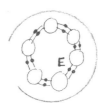

단합
필요할 땐 매몰차게
공격해 보는 거야

하여금 우스꽝스러운 행동을 제안하게 허용하라. 그리고 이것을 조용히, 그리고 정직하게 한다면 당신은 결국 그것들 모두의 불합리성에 기쁨의 웃음을 터뜨릴 것이다… (L. 231)

자기 마음을 표출시키고 자기 마음을 인식함으로써 일종의 카타르시스 효과도 있게 되고, 갈등되는 문제를 말로 표현하고 대상화시키는 동안 그것과의 거리 간격을 갖게 되며 그 결과 보다 객관적으로 그것을 바라보게 된다. 또한 그것은 처음의 충격보다는 훨씬 더 가벼운 무게를 갖게 된다. 나의 속마음을 똑바로 알고 나의 가치관과 인생의 목표를 바로 아는 것이 문제해결의 지름길이다. 문제가 불분명할 때 분명한 해답도 역시 불가능하기 때문이다. 그리고 해답은 남의 충고보다도 내 속에 그리고 명확히 구성된 문제 자체 속에 그리고 그 문제를 유발한 나의 상황과 나의 존재 속에 숨겨져 있다.

고민할 때 고민을 털어놓을 수 있는 친구들 몇 명을 가지고

있는 것이 좋다. 그리고 소수의 친구들에게 만큼은 완전히 솔직
해질 수 있는 마음의 개방성도 필요하다.

주변을 아름답게 꾸미자

내 방 창가에는 작은 종들이 조롱조롱 매달린 풍경 하나가 있
다. 해, 달, 별 무늬가 그려진 파란 종들을 바라볼 때마다 마음
이 깊이 가라앉는 듯하다. 쫓기는 생활 속에서 제대로 방 정리
를 못한 상태에서 그것은 내 방에서 유일한 볼거리이다. 일상생
활 속에서 가끔 우리의 시선을 멈추게 하는 것들이 있다.

손수건 위의 잔잔한 무늬, 벽걸이, 촛대, 산뜻한 대문 색깔과
아름다운 우편함… 그런 것들은 우리를 잠시 아늑한 꿈으로 인
도한다.

그러나 사실 우리 주변을 둘러보면 시선이 머물만한 곳이 거
의 없을 때가 태반이다. 골목 골목의 들쭉날쭉한 상가들, 더러
운 하숫물이 흐르는 언덕길, 생각없이 지은 각진 집들과 무의미
한 색들… 어느 한 군데에도 미감이 살아있지 않다. 미감의 유
무는 반드시 빈부 차이가 결정하는 것은 아니다. 우리보다 몇
배 가난한 인도의 생활 도구들도 너무나 아름다운 무늬와 색을
띠고 있다. 옛 조상들이 쓰던 생활용품들은 미감과 정감이 흘러

넘치는데 언제부터 우리는 미감을 상실했던가?

미감은 태어나는 순간부터 주변 환경에 의해 체득되는 것이고 대대로 전수되는 것이다. 나 자신도 무척이나 둔한 미감을 갖고 있다. 미감을 세련시키려고 나는 나날이 싸우고 있다고 해도 과언이 아니다. 인간은 누구나 본연의 미감을 갖고 있으나 그것은 마치 언어처럼 적기에 일깨워져야 한다. 그렇지 않으면 무감각 속에서 살아가야 하며 미감을 차후에 되찾으려고 하면 너무나도 많은 의식적인 노력이 필요할 것이다.

아무튼 집과 가구 그리고 생활용품들은 비록 비싸지는 않더라도 미감과 정감이 넘치도록 갖춰지고 꾸며져야 한다. 작은 물건 하나가 우리의 피로를 식혀줄 수도 있고 분노를 사라지게 할 수도 있기 때문이다. 특히 성장기 어린이에게 있어서 환경의 아름다움은 조화로운 정서와 섬세한 감수성을 위해 중요한 것이다.

출혈! 그러나
반드시 회복될거야

얼마 전에 현관 한쪽 벽에 페인트칠을 하고 스텐실 물감으로
잡초 무늬를 그려 넣었다. 황금빛 페인트는 단돈 이천 원밖에
하지 않았다. 현관은 항상 흙 묻은 신발들로 어지럽혀져 있지만
황금빛 벽으로 조금 더 산뜻하고 따뜻한 느낌이 든다. 아름답고
인간답게 꾸미고 살고 싶지만 시간적 여유와 특히 마음의 여유
가 없다.

마음이 울적할 때, 소름 끼치도록 텅빈 느낌이 다가올 때, 주
변환경을 정리하고 아름답게 꾸미는 것도 그런 느낌에서 탈출
하는 좋은 방법일 것이다. 무엇인가에 열중함으로써 우울감에
서 벗어날 수 있고 꾸며진 아름다운 방을 보고 기쁨과 평화를
느낄 수 있기 때문이다.

근심하지 말고 노력만을 다하라

십 년째 강단에 서고 있는 나 자신도 강의나 강연을 하기 전에 자주 초조해지곤 한다. 특히 시간이 넉넉할 때 준비를 철저히 해놓고도 초조와 불안이 가시지 않곤 한다. 준비를 다해 놓았으므로 가만히 앉아서 이것을 잘 설명해낼 수 있을까 계속 근심만 하게 되고 결국 근심이 많이 쌓여 용기를 잃게 되며 강의를 흡족하게 진행하지 못하는 것이다. 그런데 오히려 준비가 미비한 상태이고 시간도 별로 없을 때는 책을 열심히 보고 이것저것 옮겨 적고 머릿속에 되새기느라고 바쁘며 의외로 강의도 순조롭게 진행된다. 강의 준비를 보충하느라고 너무나 바빠서 강의를 잘해낼 것인가에 대해 불안할 틈이 없기 때문이다.

일에 대한 근심 걱정은 일을 잘하라는 일종의 경고이고 경각심을 일깨우므로 반드시 필요한 것이기는 하지만, 근심 걱정이 지나칠 때는 일의 진행에 커다란 방해가 된다. 아마추어와 베테랑의 차이는 능력보다도 태도의 평온함과 태연함에 놓여있다. 베테랑의 능력이 눈에 띄게 탁월하기 때문이 아니라 안정되고

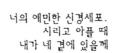

너의 예민한 신경세포,
시리고 아플 때
내가 네 곁에 있을께

균형잡힌 마음으로 일을 대하기 때문에 남들보다 일을 능숙하게 해낼 수 있는 것이다.

이성적 사고와 판단이 결여되어 있고 따라서 회의와 불안도 없는 원시인은 문명인보다 훨씬 더 정확하게 과녁을 맞출 수 있다. 본능이 퇴보한 결과로 주어진 이성적 능력은 계산, 추리같은 자연과학에서는 좋은 성과를 나타내고 있으나 일상적 삶에서는 과대망상과 과대 욕구, 과대 불안을 초래할 수도 있는 것이다. 왜냐하면 이성이 미래에 대한 상상이나 미래를 위한 계산으로 있는 사실을 부풀려서 보고 평가하기 때문이다.

한 텔레비전 프로에서 맨손으로 물고기를 잡는 한 남자가 방영된 일이 있다. 그는 그물로 잡는 것보다 훨씬 더 빠른 속도로 물 속에서 고기를 잡아 올렸다. 고기 잡는 비법에 대해 질문하자 그는 우선 ①물속 어디에 고기가 있는가를 잘 봐둬야 하고 ②그 다음에는 머리가 어디 있고 꼬리가 어디 있는지 잘 봐둬야 하며 ③마지막으로 한 손으로 고기의 머리를, 또 한 손으로 꼬리를 잡는 것이라고 설명하면서 아주 쉽다고 말했다. 진행자가 물속에 들어가 보니 물속은 온통 흙탕이었고 아무것도 보이지 않았다. 그가 말한 비법은 마치 몸을 위로 끌어당기면 물에 빠지지 않고 헤엄을 잘 칠 수 있다는 말과도 같이 황당한 것이었다. 그는 그야말로 프로였다. 그는 너무도 태연스럽게 아무렇지도 않은 듯이 두 손으로 고기를 잡는 것이었다.

시험을 앞두거나 외국여행을 앞두고 있을 때 혹은 혼례식 전날 우리는 근심과 불안과 초조에 휩싸인다. 과연 잘해낼 수 있을까, 아무런 차질이나 비상사태가 발생하지는 않을까 두려운 것이다. 그래서 일에 대한 실제적인 준비보다도 일의 진행과정과 결과에 대한 걱정에 신경을 더 많이 낭비하게 되는 것이다. 그것은 너무나도 비효율적인 일이다.

"세상을 두려워하면 결과를 고려하지 않고 어떤 일을 하는 것을 주

네 속에
소녀가 있다

저하게 된다⋯ 모든 근심이 미래를 조종하지는 않는다⋯ 우리의 관심
이 결과에 있을 때 우리는 끝없이 우리의 삶을 복잡하게 만든다. 우리
가 할 수 있는 것은 노력뿐이다. 성공은 우리가 얼마나 노력하느냐에
있지 결과에 대한 우리의 평가에 있지 않다. 만약 결과에 대해 걱정하
며 보낸 시간을 절반만 떼내어 올바른 행동에 사용한다면 중요한 어떤
일도 실패하지 않을 것이다. 결과를 고려하기 전에 노력을 다할 때 우
리의 삶은 간단해진다" (L. 194~195)

지나친 근심 걱정은 일에 투입되어야 할 신경에너지를 분산
시켜 일 자체가 아닌 다른 것에 신경 쓰게 만드는 것이고 결과
적으로 해로운 것이고 불리한 것이다. 오히려 조금 실수해도 상
관없다는 넉넉한 마음가짐이 성공을 가져오는 것이다. 아무튼
근심은 마음에 먹구름을 띄우는 것이고 신체 컨디션에까지 불
리한 영향을 주는 것이다.

근심은 결과를 오히려 더 나쁘게 한다는 것을 명심하고 될 수

있는 한 근심을 억제하도록 나름대로의 아이디어를 고안해야
할 것이다. 이어폰을 꽂고 평안한 음악을 잠깐 즐기는 것은 어
떨지…. 어떤 심리학 책은 불안을 쫓는 방법으로서 이를 악물
고 두 주먹을 불끈 쥐며 온몸을 꽉 움츠렸다가 펴라고 권유하
고 있다

좋은 것을 보고 좋은 점을 찾아보라

가난으로 찌든 한 남자가 깊은 숲 속에서 길을 헤매다가 사나운 짐
승에게 쫓기고 도망치는 신세가 되었다. 이리저리 뛰다가 그는 깊은
구덩이에 빠졌다. 다행히도 구덩이 벽에 난 갈대덤불을 잡고 간신히
대롱대롱 매달려 있는데 밑에는 독사가 우글거렸고 위에서는 코끼리
가 그를 위협했다. 갈대덤불 밑에서는 흰 쥐와 검은 쥐가 뿌리를 갉고
있었다. 바로 그 순간 한 방울의 꿀이 그의 이마에 떨어져 얼굴을 타고
흘러 내려와서 그의 입술에 닿았다. 그 꿀의 달콤함에 빠진 남자는 코
끼리, 뱀, 쥐… 구덩이 자체를 잊어버렸다. (O. 83~84)

이 남자를 둘러싸고 있는 현실을 한 덩어리로 묶어서 볼 때
코끼리, 뱀, 쥐, 구덩이 등은 음지를 나타내고 한 방울의 꿀은
양지를 나타낸다. 대개의 사람들은 현실의 음지를 보고 절망하
기 일쑤지만 이 남자는 단 한 방울의 꿀로 음지를 까마득히 잊
을 수 있었다. 이 남자야말로 삶의 천재이며 행복의 능력을 완
벽히 구비한 사람이라고 할 수 있다. 자신이 가진 것에 대해 쉽
게 무감각해지며 지루하게 느끼는 불감증과는 반대로 양지를

볼 줄 알고 양지의 가치를 인식하며 게다가 양지에 몰입할 수 있는 능력은 행복의 능력이라고도 칭할 수 있다.

우리 사회 전체를 놓고 볼 때, 특히 지금 같은 경제난국의 시대에 양지보다는 음지가 단연 우세하다. 부패, 부실공사, 교통사고, 낙태, 입양에서 우리는 세계 상위권에 속하고 있다. 부패된 음지에서 자라난 각각의 사회구성원 역시 어둠의 자식들이라는 운명을 벗어날 수 없다. 우리 개개인 역시 영혼 속에 시꺼먼 음지를 담고 있다. 옳고 그름에 대한 무감각, 무질서, 불감증... 그러나 그늘진 환경일수록 자꾸 양지를 찾는 것이 필요하다. 그리고 인간을 볼 때도 좋은 점을 찾아 칭찬하고 장려하는 일이 필요할 것이다.

"파리는 쓰레기를 찾고 꿀벌은 꿀을 찾는다. 나는 파리의 습관을 버리고 꿀벌의 습관을 따르리라. 나는 다른 사람의 잘못을 찾는 버릇을 버리고 그들의 좋은 점만 보리라" (I. 80)

후진할 수 없는 것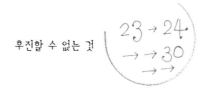

　한 사람이 가진 여러 성질들 가운데에는 정말로 반드시 수정 되어야 할 단점들도 있지만 대개의 것들은 보는 사람의 관점에 따라 얼마든지 장점으로 느껴질 수도 있는 것들이다. 도벽이나 알콜이나 도박에의 심취, 폭력이나 타인의 억압 등은 분명한 단 점이다. 그러나 대범함이나 세심함, 활달함과 수줍음… 등은 단 순한 단점이나 장점이 아니라 개성일 따름이다. 어떤 사람의 대 범함을 만용이나 부주의, 오만 등으로 나쁘게 평가하는 사람도 있지만 시원스럽다거나 넓다는 식으로 좋게 평가하는 사람도 얼마든지 있다.

　타인에 대한 대개의 비판은 비판 받는 자의 명확한 단점 때문 이 아니라 비판하는 자의 주관적 관점 때문에 일어난다. 그러므 로 타인을 비판하기 전에 나의 관점은 올바른가, 그를 달리 볼 수는 없는가를 생각해 보아야 하며, 만일 나의 주관적 관점이 변경불가능하다면, 나 스스로도 나의 굳어진 관점을 벗어날 수 없음을 안타까워 해야 할 것이다.

만일 타인이 명백한 잘못을 범하고 있다면 증오와 분노를 품을 것이 아니라, 그를 아끼는 마음을 잃지 않고 솔직하고 대범하게 그의 잘못을 지적해 줘야 할 것이다. 아무리 사랑하는 마음으로 호소해도 그 사람은 우선적으로는 반발하며 분노하겠지만 하루이틀이 지나면서 스스로 잘못을 깨닫고 인정하며 서서히 바뀌게 될 것이다.

평범한 자는 강자다

오전 6시에 마늘과 야채를 사라고 외치는 소리와 아침 출근시간이 지나도 여전히 붐비는 지하철, 커다란 음악 속에 서로 부대끼며 걸어 가는 많은 인파… (R. 1998. 12. 8)

평범한 사람이 되기는 쉬우면서도 어렵다. 남들을 따르는 일 은 수동적이기에 쉽기도 하지만 자기 속에서 외치는 자신의 목 소리를 계속 억압해야 하므로 어렵기도 하다. 평범하다는 것은 커다란 역사와 대중의 흐름 속에 끼어들어가 묵묵히 그 일부로 서 살아가는 것이다. 피라미드와 만리장성을 기획한 것은 특별 한 사람들이었지만 돌을 나르고 쌓아서 그것을 실제로 만든 것 은 평범한 사람들이었다. 전쟁을 일으키고 이웃 나라를 굴복시 킨 것은 왕과 영웅이었지만 실제로 싸움터에 나가 목숨을 바친 것은 평범한 사람들이었다.

세상에서 인간이 할 수 있는 일의 종류는 셀 수도 없이 많다. 고기잡이에서 등대지기, 하수구 청소, 과일따기, 염색, 빵만들기 등… 그 많은 일들을 평범한 사람들이 다 해내고 있다. 그들이 없다면 우리는 편안히 먹고 마실 수 없을 것이다. 추운 겨울날 시골시장에 나가보면 찬바람 몰아치는 길바닥에서 수많은 사람들이 물건을 사고 파느라고 분주하다. 평범한 자들은 확실히 질기고 강하다.

자신이 너무 평범하다고 고민하는 자는 평범한 자가 아니다. 진정으로 평범한 자는 자신에 대해 고민하지 않으며 고민할 시간도 가지고 있지 않다. 그는 자신에 대해 생각하거나 자신을 되돌아 볼 틈도 없이 끊임없이 생존을 위해 일하며 분주히 몸을 꿈지럭거리고 있다. 그들은 자신의 생존을 짊어지고 가면서 동시에 역사를 짊어지고 가는 큰 일꾼들이다.

이 세상에는 특별한 사람보다는 평범한 사람들의 숫자가 압도적으로 많다. 기초가 단단해야 집이 안정되게 세워질 수 있듯이, 역사와 사회의 기초가 되는 평범한 사람들의 숫자가 많은

밑에 있는 것이
더 강한 법이야

것은 필연적인 자연의 법칙인 것 같다.

　평범하다는 것은 단지 어중간하다거나 진부한 존재에 불과하
다는 것이 아니며 어디에나 지천으로 깔려 있어서 서로 구분 불
가능하다는 것이 아니다. 평범한 존재도 어디까지나 이 우주에
단 하나밖에 없는 유일무이한 존재이고 자신의 깊은 내면에 자
신만의 색깔을 간직한 신비스러운 존재이다. 다른 사람들과의
유사성은 단지 표피적인 것에 불과하다. 그의 진정한 본질은 비
록 아직 눈에 띄게 꽃 피우고 있지 못하고 있지만 엄연히 존재
하고 있는 것이다.

　자신의 평범한 모습을 보고 못났다고 불평하는 일이 없어야
하겠다. 역사 속에서 조금 잘났다고 하는 사람들은 꺾이고 잘리
우고 물거품이 되지 않았는가. 장자는 그렇기 때문에 무용지용
이라고 했다. 집 짓는 데나 가구 만드는 데 쓰일 수 없고, 장작
으로도 쓸모가 없는 팽나무는 아무 데도 쓸 데가 없기에 그렇게
도 오래 살 수가 있었다. 우리가 걸음을 걸을 때 땅 위에 신발이

닿는 부분이 필요하지만 신발이 닿지 않는 주변의 땅이 없다면 우리는 걸을 수 없을 것이다. 겉으로 드러나거나 튀지 않는 것, 묵묵히 있는 것들, 권력이 없고 약한 것들은 알고 보면 유별난 존재보다 더 쓸모가 많고 보다 더 강한 존재인 것이다.

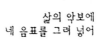삶의 악보에
네 음표를 그려 넣어

인간이 태어나면

부드럽고 유약하다

인간이 죽으면

단단하고 강하다

무수한 존재들과 초목들이 성장하면

부드럽고 물기가 많다

그것들이 사멸하면

마르고 건조하다

진실로

단단하고 강한 것은 죽음을 인도하는 것이며

부드럽고 유약한 것은 생명을 인도하는 것이다. (U. 105)

10년 뒤, 50년 뒤를 상상해 보라

현재 몹시 화가 나거나 안타까운 일이 있다면 잠시 동안 10년 뒤를 상상해 보라. 세월이 바뀌고, 나도 바뀌고 상황도 바뀌어 있을 것이다. 오늘 당한 불쾌한 일이 그때 어떤 의미를 띄게 될까? 사물을 볼 때 가까이서 현미경을 놓고 자세히 바라보며 몰입하는 길이 있고, 거리를 두고 마치 먼 산 바라보듯이 태평하게 바라보는 길이 있다. 때에 따라 두 가지 가운데 하나를 선택할 수 있지만 항상 두 가지를 병용하는 것이 좋다. 상황에 몰입하고 도취하고 분노할 수도 있어야 하지만 거리를 두고 가볍게 바라볼 수도 있어야 한다.

사랑하는 사람의 변심, 그것은 현재로서 황당하고 절망스러운 것이지만 10년 뒤에 서서 생각해 보면 그것은 일어날 수도 있는 아무렇지도 않은 일이고 언젠가 필연적으로 일어나야만 하는 일이 될 것이다. 즉 그가 변심하지 않는다면 몇 개월 뒤 내 감정이 변했을 수도 있을 것이다. 인생 전체를 놓고 볼 때 그의 존재 무게나 의미는 그다지 큰 것이 아닐 수도 있다. 삶은 여러

창문들의 모임.
밖을 내다봐, 그리고
넓은 세상으로 나가는거야

고개와 비탈길을 지나면서 체험과 깨달음과 성숙을 부여한다. 현재의 불행을 참고 견디면서 지금까지 깨닫지 못한 새로운 지혜를 깨닫는 기회를 갖는다고 생각해 보자.

현재의 절망감은 그래도 쉽게 가시지 않을 것이다. 그렇다면 또다시 상상의 날개를 펴고 50년 뒤를 생각해 보자. 내 인생의 목표는 무엇이고 궁극적으로 무엇이 되려고 하는가를 생각해 보자. 어떤 생명이든 시작이 있으면 끝이 있는 법이다. 철학자 하이데거는 인간이 미리 죽음을 생각하면서 미래를 위해 설계하고 결심하며 본래적 자기를 회복한다고 보았다. 내가 도달하는 궁극적인 지점을 생각하고 그 지점에서 현재의 일을 관찰하면, 현재가 아주 다르게 보일 것이다.

모든 일이 허무하게 보일지도 모른다. 그러나 한번쯤은 그 모든 것에 허무의 색깔을 칠하고서 볼 필요가 있다. 빛바래고 붕괴된 현실에 대한 상상 속에서 현실로부터 한 발짝 떨어져서 서게 되고 조금은 초연해질 수 있을 것이다.

　삶은 그렇게 긴 것이 아니고 따라서 한 구석에 너무 오래 지체할 수는 없는 일이다. 안타깝고 절망스러운 일도 언젠가는 접어두고 그 곁을 지나쳐 버려야만 한다. 때로 그것은 빠를수록 좋다. 시간의 그 다음 정류장에는 새로운 일, 새로운 사람이 기다리고 있고 예기치 못한 행복을 만날지도 모른다.

> 　"와서 나를 부르시오" 하고 나는 아침에 돌 깔린 길을 걸어가며 소리쳤습니다. 손에 칼을 든 임금님이 수레를 타고 오셨습니다. 임금님은 내 손을 잡고 말했습니다. "내 권력으로 너를 부리겠노라" 그러나 임금님의 권력도 쓸데가 없었습니다. 그래서 그는 수레를 타고 그대로 돌아가버렸습니다.
>
> 　나는 굽어진 길을 감돌아 헤매고 다녔습니다. 한 노인이 황금자루를 메고 왔습니다. 그는 생각에 잠기더니 이렇게 말했습니다.
> 　"내, 이 돈으로 당신을 부리겠소."

걱정할 것 없어

그는 은전을 한푼 한푼 세었지만 나는 돌아서고 말았습니다.

저녁 때였습니다. 정원의 울타리에는 온통 꽃이 만발했습니다. 아름다운 아가씨가 나와서 이렇게 말했습니다.

"내 미모로써 당신을 부리겠습니다."

그녀의 웃음은 이윽고 시들해지고 어느덧 눈물로 변했습니다. 그리고는 혼자 돌아서서 어둠 속으로 사라졌습니다.

해가 모래밭 위에 반짝거립니다. 바다 물결은 고집 세게도 날뜁니다. 어린이가 조개껍질을 가지고 놀고 앉아 있습니다. 어린이는 머리를 들고는 나를 아는 체하며 말했습니다.

"내가 거져 당신을 부리겠습니다."

이때부터는 어린이 장난에서 맺어진 흥정이 나를 자유인이 되게 했습니다. (X. 132)

누구나 자기중심적이다

K는 같이 사는 애인에게 예쁜 장식품을 사서 생일 선물로 주었다. 그러나 선물을 뜯어본 그는 실망하는 표정을 지으며 "이건 완전히 네 취향이구나. 네가 갖고 싶고, 네 책상 위에 올려놓고 싶어서 산 거지, 너나 가져" 하는 것이었다. 고맙기는 커녕 약간 비꼬는 듯한 말투였다. K는 조금 불쾌했지만 내색하지 않았다. 그리고 곰곰히 생각해 보니 정말로 그 선물은 자기 마음에 꼭 드는 것이었지만 그에게는 반드시 그렇다고는 볼 수 없는 것이었다. 그는 장식품보다 실용적인 물건을 더 좋아 한다는 것이 갑자기 머리에 떠올랐다.

인간은 누구나 자기 관점에서 모든 것을 바라본다. 남이 보고 느끼는 그대로 이해해 주기 보다는 자신이 보고 느낀 것을 타인에게 투사하여 타인도 그러리라고 단정해 버린다. 내가 추우면 타인도 추울 것이라고 보고 만일 타인이 땀이 난다고 말한다면 거짓말로 취급하는 것이다. 이해받지 못한 타인은 화가 나고 섭섭해 할 것이다. 거꾸로 남 역시 나를 있는 그대로 이해하지 못

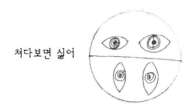

처다보면 싫어

하고 자기 방식으로 해석하는 것이 보통이다.

타인을 진정으로 이해하고 생각하려면 잠시 나의 입장과 관점을 죽이고 타인의 말과 표정을 주의깊게 살펴보아야 할 것이다. 그리고 타인이 나를 있는 그대로 이해하지 못한다면, 인간은 누구나 자기 중심적으로 세계를 바라보기 때문에 어쩔 수 없는 일이라고 생각해야 할 것이다.

에리히 프롬은 『사랑의 기술』에서 금붕어를 진정으로 이해한다면 내가 좋아하는 장미꽃이 아니라 지렁이를 주어야 한다고 말한다. 장미꽃은 금붕어에게 아무런 감흥도 일으키지 못하기 때문이다. 물론 금붕어가 아니고 오래 사귄 친구라면 그에게 맞지 않는 선물을 주어도 거기에 나의 호의와 우정이 담겨 있음을 망각하지 않을 것이다.

아무튼 타인과 함께 어울리며 살아간다는 것은 서로 다른 불빛과 색깔끼리 끊임없이 부딪히며 부대낀다는 것을 의미한다. 나는 타인이 될 수 없고 타인도 내가 될 수 없다. 나와 타인은 끊임없이 마주치고 대화하지만 영원한 평행선이고 어느 한 점에서도 함께 만나서 진정으로 조화로운 일체가 될 수 없는지도 모른다. 그러나 그것은 모든 존재가 당하는 어쩔 수 없는 운명인지도 모른다.

존재의 자기 중심성을 이해하고, 이해받는 것이 아주 어려운 일임을 일찍 깨달음으로써 타인과의 관계에 보다 담담하게 임하고 지나친 기대를 버릴 수 있어야 한다. 불쾌감과 당황스러움은 지나친 기대에서 오는 것이기 때문이다.

인간은 자신에 대해서 지나치게 관대하고 타인에 대해서는 지나치게 엄격한 습관적 경향으로 쉽게 빠져든다는 것을 이해해야 할 것이다. 이런 자연적인 경향을 나 자신도 가지고 있음을 인정하고, 오히려 타인에 대해서는 보다 관대하게 자신에 대

바둑무늬 세상

해서는 보다 엄격하게 평가하는 습관을 길러야 할 것이다.

나의 느낌은 내가 선택한 것이다

들길에 나무 한 그루가 서 있다. 어떤 사람은 멀리 떨어져서 들을 배경으로 삼고 마치 풍경화를 바라보듯이 나무를 바라본다. 어떤 사람은 가까이 가서 나무를 올려다 본다. 어떤 사람은 나무 위에 올라가서 밑을 내려다 본다. 어떤 사람은 나무줄기와 껍질을, 어떤 사람은 울창한 나뭇잎을 바라본다. 어떤 사람은 나뭇잎 하나만을 떼어내 현미경으로 관찰한다.

각자가 처한 상황도 이와 마찬가지로 관찰되고 판단된다. 똑같은 상황이라도 보는 이에 따라 상황에 대한 좋고 나쁜 느낌과 판단이 전혀 달라질 수 있다. 각자는 나름대로의 보는 습관에 따라, 또는 무의식중에 보고 싶은 것만을 골라서 상황을 요약한다. 그러므로 나의 상황이란 바깥에 있는 그대로의 객관적 사실이라기 보다는 바깥에 있는 다양한 사실의 측면들 가운데에서 나 자신이 고르고 선택하여 만들고 구성한 것이다. 나의 상황에는 반드시 상황을 바라보고 구성한 나의 눈이 들어있다. 그러니까 상황이 이러저러하다기보다는 내가 상황을 그렇게 본 것이

라는 말이 타당하다.

　내가 처한 상황에 대해 불평하고 불만족하고 절망에 빠지기 전에 나의 눈이 나의 불만족의 원인이라는 점을 생각해야만 한다. 그러므로 나 자신의 눈과 관점을 바꾸어 상황을 달리 볼 수는 없는지 한번 더 고려해 볼 수 있는 것이다. 물론 개눈에는 개만 보이며 개가 개눈을 바꿔 끼우는 것은 전혀 불가능한 일인지도 모른다. 각자는 각자의 굳어진 타성적인 눈이 있다. 비록 굳어진 눈을 바꿀 수는 없을지라도, 그 굳어진 눈이 내 앞의 세계를 바라볼 때 끊임없이 개입하고 작용한다는 것은 망각하지 말아야 한다.

　나의 행, 불행에는 나의 행위와 타인의 행위뿐만 아니라 나의 세계관과 인생관도 일부 책임이 있다. 즉 부분적으로는 자신을 불행하다고 판단하는 자기 자신의 눈이 바로 자신을 불행하게 만드는 것이다.

'불행= 불행한 상황 + 나의 불행한 눈' 이라는 공식이 성립된다. 이제 나의 불행을 줄이기 위해서는 나의 불행한 눈을 될 수 있으면 작게, 그리고 될 수 있으면 제로로 만들어야 한다. 즉 나의 눈을 맑고 투명하게 만들어야 하는 것이다. 그보다 더 좋은 것은 사물을 행복하게 바라보는 눈을 갖는 일이다.

사물을 보는 눈이 만족과 불만족에 얼마나 결정적인 역할을 하는지는 아래의 우화가 잘 보여주고 있다.

"파리는 도시가 마음에 들지 않아 시골로 가려고 했다. 반대로 벼룩은 시골에서 견디지 못하고 도시로 가려고 했다. 벼룩이 하는 말 '시골에서는 사는 꼴이 말이 아니야. 농부는 늦게 잠자리에 들고 첫닭이 울면 다시 일어나거든. 내게는 배불리 먹을 틈이 없어. 도시는 달라. 거기에는 사람들의 엉덩이가 토실토실 살쪄 있을뿐 아니라 사람들이 늦게 자고 심지어 점심 때도 낮잠을 자거든. 우리는 하루종일 먹을 수 있지.' 파리가 하는 말 '내게는 도시 생활이 변변치 못했어. 내가 접시

조화로운 영혼

위에 조금 앉기만 해도 식모가 달려와서 접시를 물 속에 집어넣거든. 아무도 나를 돌보지 않고 모두가 나를 싫어해. 반면에 농부는 팔을 흔들어 나를 쫓아 내면서도 내가 앉았던 국을 한술 떠서 내게 던져 주거든'"

(S. 93~94)

실패를 기억하라

언젠가 만화영화에서 아기새가 새잡이꾼들이 놓은 먹이를 먹다가 새덫에 걸려 죽다가 살아나고, 그 다음날 멍청하게 또다시 똑같은 장소에 놓인 새 모이를 먹다가 새덫에 걸리는 것을 본 적이 있다. 아기새는 어미새의 도움으로 또다시 구출되지만 아기새의 실수는 영화가 다 끝날 때까지 끝없이 반복된다.

인간들의 삶에서도 똑같은 일이 벌어진다. 사람들은 각자 나름대로 실수하는 버릇을 가지고 있다. 그래서 같은 사람이 같은 실수와 같은 실패를 지속적으로 반복하는 일이 허다하다. 도박꾼은 계속해서 도박하여 수십 번 망하고, 음주운전자는 습관적으로 음주운전을 하여 벌금을 물며, 똑같은 사업을 벌이고 망하는 일을 반복하는 사람도 수없이 많다.

다른 민족들은 승리의 날을 기념하는데 반해서 유태인들은 실패의 날을 대대적인 행사로 기념한다고 한다. 실패의 날에 사람들은 쓴 나물과 맛없는 빵을 먹고 단단하게 삶은 달걀을 먹는

정해진 규칙은 없어
너만의 규칙을 찾아봐

다고 한다. 똑같은 실패를 또다시 하지 않는 것, 실패의 경험으로부터 지혜를 얻는 것은 불행한 운명의 쇠사슬에서 벗어나는 지름길이다. 인간은 좋은 일과 성공만을 기억하고 실수와 실패는 될 수 있으면 잊으려고 하는 경향이 있다. 반면에 유태인 사업가 가운데에는 예전에 실패하여 혼이 났을 때의 계약서를 사무실에 장식해 놓고 있는 사람들이 있다고 한다. (N. 206)

일제시대의 치욕과 불행을 다시 기억하지 않기 위해 경복궁을 허물고 일제시대의 형무소를 부수는 것은 당장의 눈앞의 불쾌감만을 방지하려는 얄팍한 꾀에 불과하다. 과거의 잔재를 없앤다고 해서 과거가 없어지는 것이 아니다. 불행한 과거의 망각은 미래에 또다른 과거사를 반복하게 할 수도 있는 위험마저 내포하고 있다.

우리는 현재와 미래에 대한 실질적이고 합리적인 판단과 계산 평가보다도 현재 기분상태에만 집착하고 기분에 좌우되는

경향이 있다. 이 책은 우리 민족의 그런 감정적 성향이 계기가
되어 만들어진 것으로서 당장 눈앞의 불쾌감만을 살짝 지워버
리고 근본적 문제 해결을 도외시하거나 방치하게 만들고자 하
는 것이 아니라, 인생의 근본적 불행과 불쾌감을 방지하기 위한
새로운 인생관과 세계관 그리고 가치관을 심어주는 동시에 그
럼으로써 문제 자체가 또다시 발생하지 않도록 만들려는 것이
이 책의 주된 의도이다.

아무튼 과거의 실패를 또다시 되풀이하지 않으려면 의식적으
로 실패를 잊지 않도록 노력하고 실패에서 얻은 교훈을 가슴 깊
이 새겨 명심하는 일이 필요하다.
"약속에 늦지 말 것"
"감정에 휘말리지 말 것"
"낭비하지 말 것"
"계획을 세울 것"
이런 각오를 두꺼운 색지에 적어서 가방에 넣고 다니는 것도

분출
때로는 너를
터뜨려 보는거야

하나의 좋은 방법이다.

> "그리고 나의 깊은 삶은 이제 다시
>
> 더 넓은 강폭을 지나듯 크게 소리치며 흐른다
>
> 사물들은 갈수록 내게 친구처럼 여겨지고
>
> 모든 형상들은 더욱더 바라본 것인 듯하다
>
> 이름 지을 수 없는 것에 나는 더 친근함을 느낀다
>
> 나의 감각에 몸을 싣고 나는 마치 새처럼
>
> 참나무에서 바람 부는 하늘로 솟아오른다
>
> 또 연못의 깨어진 날 속으로
>
> 물고기 등에 탄 듯 가라앉는 나의 느낌" (V. 73)

인간은 반드시 다시 만나게 마련이다

지난 날에는 아무런 가치도 느끼지 못했던 인간을 우연히 다시 만났을 때 그가 아주 좋은 친구라는 것을 발견하는 경우가 종종 있다. 만일 과거에 그 친구와 다투었다면 아무런 미련도 없이 등을 돌려버렸을지도 모른다.

인간은 끊임없는 변화과정 속에 있다. 상황이 변하고 자기 스스로의 생각과 가치관도 변화한다. 현재 무가치하다고 느끼는 사물이나 인간이 미래 언젠가는 절실하게 필요로 하는 존재 또는 커다란 가치를 가진 존재로 다가올 수도 있다. 아니면 다시 만났을 때 나의 직업이나 인척관계에서 중요한 위치에 있는 인간이 될 수도 있다. 그러므로 내 주위의 어떤 인간도 함부로 대하거나 무시할 수 없다.

한번 얼굴을 익힌 인간은 언제 어디에서 다시 만날지 모르며, 또다시 만나게 되는 것이 거의 확실하다고 할 수 있다. 인간들을 안다는 것은 나의 미래를 위한 저금과 비슷하다. 언젠가는

잠시 쉬고 있지만
곧 날아갈거야

그가 내게 도움을 줄 수도 있고 반대로 내가 그에게 도움을 줄 수도 있다. 어쨌든 서로를 필요로 하면서 가까워지고 서로의 외로움을 덜 수 있는 것이다.

이 모든 것을 뒤집어서 생각해 본다면, 지금 내게 중요한 의미를 가지는 어떤 인간이 미래에는 아무런 도움도 줄 수 없고 오히려 큰 방해가 될 수도 있다. 그렇다면 그에게 모든 것을 다 걸거나 그에게 매달릴 필요는 없을 것이다. 친구나 애인도 언젠가는 적으로 돌변할 수도 있다.

인생에서 영원한 친구나 영원한 적은 존재하지 않는다. 그러므로 인간관계에 너무 연연해하거나 반대로 너무 소홀히 하는 것도 잘못이다. 모든 인간을 똑같이 존중할 수 있다면 그것이 가장 이상적인 태도일 것이다. 한 인간을 과거 현재 또는 미래에서 갖는 가치와 의미에 따라 달리 대접하는 것은 너무 계산적이고 비인간적이기까지 한 것이다. 인간은 누구나 귀중한 존재이고 자기 자신에게는 지구를 다 주고도 바꿀 수 없는 중대한 가치를 지니는 것이다.

　현재 방해가 되고 불쾌한 인간이라고 해서 '다시는 안보겠다' 는 식의 태도를 취해서는 안되겠다. 인간간의 만남은 전적으로 나의 의지와 결단에 의해서만 이루어지는 것이 아니기 때문이다. 어떤 우연 또는 운명에 의해서 언제 어느 골목에서 그와 부딪히게 될지는 아무도 알 수 없다. 계약관계나 연분관계를 해소시킬 수는 있지만 밑바닥에 깔린 인간관계까지 끊을 수는 없다. 죄는 미워할 수 있지만 인간까지 미워할 수는 없기 때문이다.

부당한 일을 행하는 자는
<u>스스로도</u> 고통받는다

청소같은 막노동이라도 독일에서는 시간당 십이 마르크, 즉
육천 원 이상을 받을 수 있다. 유학시절에 나는 조금이라도 생
활비를 벌기 위해 박물관에서 잠시 아르바이트를 해 본 적이 있
다. 그것은 손님들의 물건을 보관하고 포스터도 판매하는 일이
었다. 첫날은 포스터를 둘둘 말아서 테이프로 고정시키는 일을
하루종일 했다. 거기에는 키가 땅딸하고 얼굴이 가무잡잡한, 그
리고 조금 심술궂은 남자가 관리를 하고 있었다. 둘째날은 박물
관 입구에서 일을 했다. 관리인은 내게 포스터 10개를 위층으로
가져가는 잔심부름을 세 번 정도 시켰다. 그러더니 나를 불러서
꼬장꼬장 따지기 시작했다. 열 개씩 세 번 가져오라고 했는데
한 번도 정확하게 열 개를 가져온 적이 없다는 것이었다. 내가
가져온 것은 열한 개, 아홉 개, 열두 개였다는 것이다. 나는 조
금 의아해 하면서도, 어이없는 실수에 대해서 혼자 웃음을 터뜨
렸다.

입구에는 중년의 터키여인이 함께 일하고 있었다. 손님들은

보관료를 내면서 잔돈 이십 페니히(백 원 정도)를 내게 팁으로 주곤 했다. 나는 내게 주는 팁이니까 아무 생각없이 내 주머니에 집어넣었다. 그런데 그것이 커다란 화근이 되었다. 잠시 후 관리인이 또다시 나를 불렀다. 그리고는 내가 돈을 훔쳤다는 신고가 들어왔다며 마구 호통을 쳤다. 그간 일한 대가를 지불할 테니까 당장 일을 그만두고 귀가하라고 으르렁댔다. 나는 돈을 조금도 받지 않을 테니까 대신 일하게 해달라고 했다. 돈보다는 명예가 훨씬 더 중요하다고 생각했고 그 말이 나의 결백을 충분히 암시해 주리라고 생각했던 것이다. 나를 신고한 사람은 바로 같이 일하던 터키여인이었다. 같이 일하므로 내게 주는 팁이라도 그녀와 함께 나눠 갖는 것이 정당하다고 관리인은 덧붙였다.

결국 임금을 받고 바깥으로 쫓겨나왔다. 불쾌감과 모욕감이 물밀 듯이 몰려 들었다. 그 뒤 이년 남짓한 세월이 흘렀다. 그런데 내가 일하던 그 박물관에서 피카소 판화전이 열린다는 포스터를 보게 되었다. 찜찜했지만 꼭 한번 그 전시를 보고 싶어서 안면몰수하고 박물관으로 갔다. 입장료를 지불하려고 창구로

좋은 기분

가는 순간 갑자기 과거의 그 관리인이 어디선가 나타나서 돈을
내지 말고 무료로 입장하라고 하면서 나를 자기 방으로 잠시 데
리고 갔다. 그리고 옛날에 대단히 미안했다고 사과하면서 조박
사님은 한국으로 돌아가서도 자기 같이 주책없는 늙은이는 절
대로 기억하지 말라고 당부했다. 그러나 나는 그를 절대로 잊을
수 없다.

　부당한 일을 당한 사람은 당연히 불쾌하겠지만 부당한 일을
행한 사람 역시 양심의 가책을 받게 마련이고 훨씬 더 긴 시간
동안 죄책감에 시달려야 한다. 나쁜 일이 나쁜 것인 줄 모르기
때문에 혹은 그것이 좋은 일인 줄로 착각하고 행하는 예는 드물
다. 인간이면 누구나 어떤 행위의 좋고 나쁨은 즉각적으로 알
수 있다. 그리고 어떤 행위가 정말로 무지나 착각에 의한 오류
였다면 그것은 상대방에게 진정한 불쾌감보다는 의아한 기분을
불러일으킬 것이며, 얼마든지 용서받을 수 있는 것이다.
　나쁜 일을 했다는 것은 자아에 커다란 파문을 일으키며 또한
상대방에 대한 미안한 감정은 그 무엇으로도 씻을 수 없는 것이

다. 한번 일어난 행위는 절대로 되돌이킬 수 없기 때문이다. 남에게 부당한 일을 당했을 때 그 사람 역시 고통 받고 있다는 것을 생각하면 불쾌감이 조금은 경감될 것이다. 아리스토텔레스도 부당한 일을 당하는 것이 행하는 것보다 낫다고 말했다.

> "가장 고귀함은 제일 올바른 것,
> 가장 좋은 것은 건강,
> 가장 즐거운 것은 자기 자신이 사랑하는 것을
> 무난히 손에 넣는 것" (Z. 24)

2부

오렌지같이 시큼하면서도
달콤한 **삶**

1. 자기 자신에 대한 불만족

외모에 대한 불만족

"얼굴은 자기의 설명서이다. 얼굴의 생김새는 숨겨진 의식의 작용보다 가일층 깊은 것도 나타내고 있다. 이 얼굴 생김새라는 열려진 책속에는 그 개인의 악덕, 미덕, 지성, 어리석음, 감정이나 매우 주의깊게 숨겨져 있는 습관뿐만 아니라 그 사람의 몸의 구조나 병들기 쉬운육체와 정신의 병에 대해서도 기술되어 있다. 사실 뼈, 근육, 지방, 피부, 머리털의 상태는 조직의 영양상태와 관계가 깊다. 그리고 조직의영양은 혈장의 성분에 의해, 즉 내분비선과 소화기 계통에 의해 지배된다. 기관의 상태는 몸의 외관에 나타난다. 피부의 표면은 내분비선,위장, 신경조직의 기능상태를 반영하고 있다. 그리고 각자가 걸리기쉬운 병까지도 나타내고 있다 … 키가 큰 타입은 건강하든 허약하든

결핵이나 조발성 치매에 걸리기가 쉽다. 키가 작고 비만한 타입은 순환성 정신병, 당뇨병, 류머티즘, 통풍에 걸리기 쉽다… 각 개인은 얼굴에 자기의 육체와 정신의 설명서를 늘어뜨리고 있는 것이다." (B. 72)

이 세상에 자신의 얼굴이나 몸에 대해 완전히 만족하는 사람은 아무도 없다. 오히려 외모에 대한 불만족이나 불편으로 정신적 고통을 받는 사람들이 적지 않다. 복잡다양화되고 인구과밀화된 현대사회에서 어떤 기회에서든지간에 높은 경쟁을 뚫고 남보다 먼저 발탁되고 선호받기 위해 각종 미용기술과 성형수술이 이용되고 있다.

누구나 자기 자신에 대한 여러 가지 불만을 안고 있다. 그런 불만에는 능력부족이나 성격에서 오는 것도 있고 자신이 처한 일시적 또는 장기적 상황과 관계되는 것도 있다. 능력과 성격 그리고 상황은 어느 정도 가변적인 것이고 노력에 따라 조금은 바뀔 수도 있는 것이다. 그러나 타고난 신체적 조건은 아무리 노력해도 바꾸기 힘든 부류의 것이다. 시력이나 청력 그리고 폐

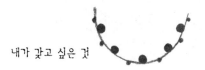

내가 갖고 싶은 것

나 심장, 간 등의 선천적 허약성, 절름발이 등등의 것은 의학적 도움을 받을 수는 있으나 그 본래적인 상태를 뒤바꿀 수는 없는 것이다. 그리고 여러 신체적 조건 가운데 특히 타인 앞에 섰을 때 첫눈에 드러나는 외모 상의 결함은 절망적인 것이 아닐 수 없다. 아무리 성형외과 기술이 발달한다 하더라도 신장 150cm를 170cm로 늘일 수는 없으며 검은 피부를 흰 피부로 만들 수는 없다.

신체조건은 나 자신이 의도한 것이 아니며 나의 전적인 책임 범위에 드는 것이 아니다. 그렇다고 그 책임을 부모에게 전가하는 것도 잘못이다. 왜냐하면 부모 역시 그런 결함있는 신체를 가진 자식을 낳으려는 의도를 가진 것이 아니었기 때문이다. 불만스런 신체는 바로 대자연의 필연적 법칙 및 섭리와 뜻하지 않은 우연의 유희에 의해 빚어진 현실인 것이다. 결국 대자연, 또는 우주를 만든 절대자가 거기에 궁극적 책임이 있다는 결론에 이르지만 불만을 호소할 방법이 전혀 없다.

우리가 고의로 만든 일이 아니라면 우리는 아무런 죄책감을 느낄 필요가 없다. 비바람이 몰아치고 홍수가 일어나는 현상이 인간의 잘못이 아니듯이 나의 작은 눈도 나의 잘못이 아니다. 즉 나는 거기에 아무런 도덕적 책임이 없다. 그러므로 우리는 수치스러워할 필요가 없다..

신체적 결함으로 인한 수치심은 정상적 평균적인 형태에서 빗나가 있다는 이유에서뿐만 아니라 보다 근본적으로는 많은 대다수의 인간과 다름에서 오는 소외감 때문에 더욱 커질 수 있다. 그것은 흰 토끼 나라 가운데 서 있는 검은 토끼의 상황과 비슷하다. 그러나 보다 깊이 파들어가보면 검은 토끼가 창피스러워할 이유가 전혀 없다. 검은 토끼가 창피한 것은 입장을 바꾸어 검은 토끼 나라 가운데 서 있는 흰 토끼를 생각하지 못했기 때문이다. 대다수의 인간과 동떨어진 이질성 그 자체는 결코 부정적인 것만은 아니다. 역사상의 모든 천재들은 당연히 평범한 사람들이 아니었다. 평범한 인간들과 다르다는 것은 때로 엄청난 장점과 재능을 암시해줄 수도 있는 것이다.

우린 서로
너무 좋아해

신체가 주는 불편함 때문에 불만족을 느낄 수도 있다. 그러나 지금 현재 나의 신체보다 열 배 스무 배 불편한 상태도 얼마든지 있을 수 있는 것이다. 지금 나는 대머리 때문에 가발을 써야 하지만 거기에 비교도 안되는 불행인 뇌종양도 있고 정신병도 있다. 그런 것에 비하면 나는 너무 행복해서 환호성을 질러야 할지도 모른다.

세상에는 다리를 조금 다쳐서 절름발이가 되고서 극도로 비관하는 사람이 있는가 하면 팔다리가 모두 잘려서 입으로 글씨를 쓰면서도 단지 목숨이 붙어 있음에 극도로 행복해 하는 사람도 있다. 이 세상의 모습은 그만큼 다양하고 상대적인 것이다. 쾌, 불쾌, 만족, 불만족의 절대적인 잣대는 존재하지 않는다. 각자가 느끼기 나름으로 느낌은 달라지게 마련이다. 기왕이면 좋은 쪽으로 생각하는 버릇을 들이자. 그러려면 우선 위를 보지 말고 밑을 보라.

사상가와 함께 생각하기

신체조건과 외모에 대한 근세 철학자 데이비드 흄의 말을 한 번 들어보자.

모든 종류의 아름다움은 우리에게 고유의 즐거움과 만족을 낳는다. 마찬가지로 흉은 고통을 낳는다. 아름다움 또는 흉이 어떤 주체에 있다고 해도 좋고, 또 생명체나 무생명체 중 어디에 있다고 해도 상관없다. 그런데 아름다움이나 흉이 우리의 신체에 있다면 쾌락이나 언짢음은 긍지나 소신으로 전환되어야 한다… 그렇다면 우리 자신의 아름다움이 긍지의 대상으로 되고 흉이 소심의 대상으로 되는 것은 당연하다. (C. 48)

… 따라서 쾌락과 고통은 아름다움과 흉의 필연적 수반물일 뿐 아니라 아름다움과 흉의 실제본질을 이룬다. 그리고 실제로 동물이나 다른 대상들에서 우리가 찬탄하는 아름다움은 대부분 편의성과 유용성 등의 관념에서 유래된다는 점을 고려하면, 우리는 이런 견해에 주저없이

동의할 것이다. 어떤 동물은 힘이 넘치는 체격이 아름답지만, 또 다른 동물은 민첩성을 상징하는 체격이 아름답다… 마찬가지로 기둥의 꼭 대기는 그 바닥보다 가늘어야 한다는 것은 건축술의 규칙이다. 그런 형태를 통해 안전성의 관념을 받아들이기 때문에, 이 관념은 유쾌하다. 반면에 그와 반대되는 형태를 통해 우리는 위험을 느끼며, 위험은 언짢다… 이런 종류의 숱한 사례들로 미루어 아름다움은 쾌락을 낳는 형식일 뿐이며 흉은 고통을 낳는 구조라는 결론을 내릴 수 있겠다. (C. 49)

흄의 말을 요약하면 모든 아름다운 것들은 즐거움을 주고 모든 추한 것은 불쾌감을 준다는 것. 그리고 미가 우리 신체에 존재한다면 긍지를 느낄 것이며 반대로 신체 일부의 추함은 수치심(소심)을 준다는 것이다. 흄은 인간의 느낌을 사실 그대로 언급했을 뿐이고 그 느낌이 정당하다거나 부당하다는 판단은 내리지 않고 있다. 인간이면 누구나 추한 것에서 불쾌감을 느끼지 않을 수 없는 주관적 구조를 지닌다는 말을 달리 뒤집어본다면

쾌,불쾌는 절대적이고 보편타당한 것이 아니라 오직 인간에게
만 해당되는 것이다. 그리고 신체상의 흉으로 수치심을 갖는 것
은 절대적이고 보편타당한 범우주적 현상이 아니라 오직 인간
에게만 해당되는 상대적인 것이다.

흄은 신체의 미추의 기준이 동물에게서조차 상대적임을 시사
하고 있다. 어떤 동물은 강인한 것이 아름답고 어떤 동물은 민
첩한 것이 아름답다. 어떤 새는 긴꼬리가 아름답고 어떤 새는
짧은 꼬리가 아름다울 수 있다. 지성이 결핍된 동물들에게서도
미추의 상대성이 존재한다면 지성이 고도로 발달된 인간은 더
욱 말할 필요도 없다.

신체상의 어떤 결함이 수치감을 주는 것은 단지 우리가 인간
이기 때문에 그런 것이다. 우리가 인간 이상의 신이나 인간 이
하의 동물이라면 신체의 어떤 결함에도 무감각할 것이다. 신이
라면 그것을 어떤 필연성으로 이해할 것이고 동물이라면 거기
에 대한 아무런 의식도 없을 것이다.

우린 전혀 다르지만
즐거워

만일 꽃이 정말로 아름다운 것이 아니라 인간에게만 그렇게 보이는 착시 내지 착각 현상이라면 꽃은 더 이상 아름답다고 판단될 수 없는 것이다. 마찬가지로 신체적 미나 추, 신체적 결핍이나 완전성 또한 미 또는 추라고 판단될 수 없으며, 미나 추로 인한 긍지나 수치심 또한 잘못된 태도라고 할 수 있는 것이다.

*흄은 기형적 외모뿐만 아니라 질병에 대해서도 이야기하고 있다. 다시 한번 귀를 기울여보자.

회복을 전혀 기대할 수 없을 정도로 어떤 질병이 우리 신체의(생리적) 구조에 깊이 뿌리 내리고 있을 때 그때부터 그 질병은 소심의 대상이 된다 … 노인은 될 수 있는대로 자신의 어두운 눈, 귀 및 카타르성 질환과 통풍을 숨기려고 애쓰며, 그런 질환을 시인할 때마다 주저하거나 언짢게 여긴다. 그리고 젊은이들이 두통이나 감기를 앓을 때마다 부끄러워하는 것은 아니지만, 우리 자신이 살아가는 매순간마다 그런 질환에 노출되어 있다는 것보다 더 우리 본성을 하찮게 생각하도록 만들

고 인간의 긍지를 손상시키는 것도 없다… 우리는 다른 사람에게 전염
되어 그들을 위태롭게 하거나 거북하게 만드는 질병을 부끄러워 한다.
간질은 모든 사람을 전율시키기 때문에 부끄럽고, 피부병은 전염되기
때문에 부끄러우며, 연주창은 대개 후손에게 유전되기 때문에 부끄럽
다. 사람은 그 자신을 스스로 판단할 때에는 언제나 다른 사람의 소감
을 살핀다. (C. 51~52)

외모가 신체의 거의 개조불가능한 고정적인 틀이라면 질병은
지속적으로 변화하고 전개되는 유동적인 신체적 상태라고 할
수 있다. 물론 질병이 외모를 바꿔놓기도 하고 간혹 특정 외모
가 특정한 질병을 초래하고 촉진할 수도 있다. 외모는 거의 곧
바로 남의 눈에 띄게 되나 질병은 반드시 그렇지는 않다. 외모
에는 질병의 증상이 나타나기는 하나 외모만으로 곧바로 질병
의 종류를 단정내리기는 힘들다. 예를 들어 창백한 얼굴은 날
때부터 그럴 수도 있으며 뱃병이나 빈혈일 수도 있다.
질병은 유동적 상태이기 때문에 질병 걸린 사람의 미래를 불

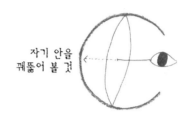

자기 안을
꿰뚫어 볼 것

투명하게 만든다. 인간의 모든 미래가 알 수 없듯이 앞으로의
병의 진행과정 역시 미리 알기 힘들기 때문이다. 외모와 마찬가
지로 질병 또한 인간에게 고통을 주는 것이다. 질병은 외모처럼
확연히 남의 눈에 띄지는 않으나 실제적으로 외모보다 더 큰 불
안과 고통을 주는 것이다. 외모는 겉모양에 불과하지만 질병은
실제로 신체의 일부가 병균에 의해 좀먹히고 쇠퇴해 들어가는
것이기 때문이다.

흉은 전염병이나 유전되는 병 그리고 크게 눈에 띄는 병 이외
에는 일반적으로 인간이 질병을 수치스러워하지 않는다고 생각
하고 있다. 질병은 수치심 때문에 불쾌감을 주기보다는 그것이
주는 실제적인 고통과 미래에 대한 불안감, 불투명한 느낌 때문
에 불쾌감을 유발하는 것이다.

질병에 대한 우리의 태도 역시 앞에서 언급한 것과 같은 상대
주의를 도입함으로써 바꿔나가는 것이 필요하다. 즉 병에도 천

차만별의 것이 있고 그것의 경중 역시 무수한 단계가 있다. 병에 있어서도 우리는 될 수 있으면 위가 아닌 밑을 내려다 보아야 하겠다. 그리고 병을 대하는 우리의 마음가짐에 따라 병의 상태 역시 달라진다는 점에 착안할 필요가 있다. 즉 될 수 있으면 희망적이고 긍정적인 태도가 필요한 것이다.

✸ 맺는말 ✸

외모에 대한 콤플렉스는 아무리 뛰어난 미인이라도 가지지 않을 수 없는 것이다. 자기 자신에 대해 백 퍼센트 만족하는 인간은 아무도 없는 것이다. 새카만 머리를 가진 사람은 남들의 부러움을 사지만 정작 자기 자신은 갈색머리를 갖기를 갈망할 수도 있다. 애띠고 귀여운 얼굴을 가진 사람 역시 이성의 사랑을 독차지하여 남의 시기와 질투를 불러일으킬 수 있지만 자기 자신은 성숙한 얼굴을 부러워할 수도 있다. 아무리해도 자신의 힘으로 변경불가능한 신체 형태에 대해서는 누구나, 넘어갈 수 없는 높은 장벽을 대하는 듯한 느낌을 갖지 않을 수 없다. 신체

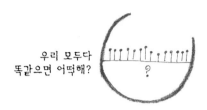

우리 모두다
똑같으면 어떡해?

라는 감옥에 갇힌 느낌, 답답한 느낌 그래서 우리는 그것에 대해 저항감을 느끼는 것이다.

그러나 타인의 외모를 부러워하기 보다는 내가 싫어하고 하찮게 여기는 나의 신체적 특징이 실제로 많은 타인들의 부러움을 불러일으킬 수 있다는 점에 주목해야 할 것이다. 나의 신체, 그 안의 조직과 세포 하나하나는 엄청난 신비와 비밀을 숨기고 있다. 그것들은 나의 의지와 관계없이 서로 모이고 흩어지고 생성되고 소멸되면서 나를 지켜 준다. 살아 숨쉬는 하나의 신체, 거대한 신비를 가지고 있는데 대해 우리 각자는 자부심과 기쁨을 아무리 많이 느껴도 부족할 것이다.

"몸에서 떼내어 분리된 세포는 지령도 받지 않고 목적도 없는데 각각의 기관의 특성을 가진 조직을 재생하기 시작하는 신비한 힘을 가지고 있다. 만일 임파액 속에 넣어진 한 방울의 혈액에서 중력에 의해 적혈구가 조금 흘러나와 작은 흐름을 형성하면 곧 양쪽에 제방이 만들어진다. 그리고 이 제방은 섬유소의 단세포로 자기를 감싸고 흐름은 관이 되어 마치 혈액과 비슷하게 그 속을 적혈구가 흐르기 시작한다. 다음에 백혈구가 나와 관의 표면에 부착하고 그 파상의 적막으로 감싼다. 그리고 피의 흐름은 이제 수축세포의 한겹 층으로 감싸여 있는 모세혈관의 양상을 보인다…(C. 111)

성격에 대한 불만족

Y씨는 성질이 너무 성급하고 덤벙대는 편이다. 어떤 것이든지 그가 원하는 물건이나 상황이 당장에 눈앞에 존재하지 않으면 안전부절하고 못견뎌하며 그 때문에 그는 자주 마음이 불안하고 고통스러워 한다. 그것이 중요한 일이나 사람과 연관된다면 그 불안과 고통은 이루 말할 수 없으며, 별로 중요한 일이 아닐 때에는 왜 이런 하찮은 일에 그토록 집착하는지 그 자신에 대한 불만과 회의가 일어난다. 어느 날 연락이 오랫동안 끊긴 한 친구가 갑자기 떠올랐다. 마침 그날 한가하고 조금 고독하기도 해서 그는 그녀에게 한번 전화해 보고 싶었다. 그러나 아무도 전화를 받지 않았다. 그는 앉은 자리에서 연속해서 30번 정도 다이얼을 돌렸다. 그러면서 그는 자신이 매우 한심하다는 생각이 들었다. 모든 일에는 적절한 때가 있지 않은가. 여유있게 기다리지 못하고 성급히 행동하여 일마다 그르치는 그의 성격이 그에게는 큰 고민거리이다.

인간의 심리적 성격과 개성은 관점에 따라 다양한 방식으로 분류될 수 있다. 흔히 인간을 우유부단하고 내성적인 햄릿형과

앞뒤 가리지 않고 마구 날뛰는 행동파 돈키호테형 또는 지성적
이고 관조적인 아폴론형과 도취적이고 충동적인 디오니소스형
으로 나누곤 한다. 그 외에도 우울하고 어두운 성격, 쾌활하고
밝은 성격과 수줍어하는 비사교적인 성격, 누구에게나 붙임성
있는 사교적인 성격, 겸손한 성격, 오만한 성격… 등등 인간에
대한 많은 분류가 가능하다.

　기질과 성격은 선천적이고 불변적인 측면과 더불어 후천적
환경과 교육의 영향을 동시에 내포한다. 물론 어디까지가 선천
적이고 어디까지가 후천적인지 뚜렷한 한계선을 긋는 것은 불
가능한 일이다. 성격을 완전히 뒤바꾸는 것은 불가능하나, 겉으
로 표출되는 태도와 행동을 변화시키는 것은 노력과 자극 여하
에 따라 얼마든지 가능한 일이다. 즉 내향적 성격을 완전히 외
향적으로 바꿀 수는 없지만, 내향적 성격을 소유하고 있음에도
노력에 의해 외향적 태도와 행동을 취할 수 있는 것이다. 물론
거기에 드는 노력은 적지 않으며 때에 따라서 심리치료나 교육

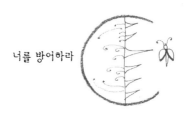

너를 방어하라

자, 상담가 등을 필요로 할 수도 있다. 아무튼 성격은 나의 외모만큼 변경 불가능한 것은 아니지만 그렇게 쉽게 고쳐질 수는 없는 것이다.

누구나 자신의 성격에 대해 불만을 가지고 있고 이런 저런 인간이 되고 싶은 소망을 가지고 있다. 그러나 과연 이상적 성격이 있을 수 있는가, 한번 의문을 던져볼 필요가 있다. 예를 들면 이상적 인간은 지적이고 사려 깊고 사교적이고 겸손하며 깊은 감성, 친절한 태도, 따뜻한 마음씨… 등등의 특징을 갖는다고 우선적으로 한번 가정해 볼 수 있다. 그러나 그런 이상적 인간형은 순수하게 타고난 선천적인 모습이나, 있는 그대로의 내면의 모습이라고 보기는 힘들다. 그것은 단지 겉으로 나타난 태도에 불과하고 속마음은 다를 수도 있다. 물론 외형적으로 이상적인간의 태도를 취하는 것도 무수히 갈고 닦은 노력의 결실이고 그것 역시 충분한 칭찬의 대상이 될만한 것이다. 누구나 한두가지 좋은 점을 타고나지만 모든 점에서 완벽하다는 것은 있을 수 없다.

누구에게나 백 퍼센트 호감을 주는 인간은 없다. 아무리 이상적 인간일지라도 마찬가지이다. 아니 그 이전에 우선 자기 자신 스스로가 스스로에 대해 완전히 만족한다는 것은 불가능하다. 인간은 항상 자기에게 없는 것을 갈구하는 존재이기 때문이다. 인간은 인간인 한 언제나 부족한 결점을 갖게 마련이고 항상 실수의 가능성을 내포하고 있다. "나는 실수한다, 고로 존재한다" 라고 말한 중세의 철학자도 있었다.

만일 모든 면을 고루 갖추고 적당히 조화를 이룬 인간이 이상적이라고 한다면 과연 그런 인간이 언제 어디서나 타인에게 도움을 주는 유용한 존재인가라는 의문을 던져볼 수 있다. 조화로운 인간은 극단적인 성격일 수가 없다. 그러나 살다보면 예기치 못한 극한 상황이 있고 거기에서는 조화로운 인간보다는 극단적인 성격이 보다 더 잘 대처해 나갈 수 있다. 예를 들

너 자신을
맘껏 펼쳐봐!

면 사막이나 빙하를 건너갈 때는 부드럽고 유연한 성격보다는 사납고 강인한 성격이 유리할 것이다. 현대처럼 복잡하게 발달된 사회에서 아무리 이상적 성격의 소유자라고 해도 만능인이 될 수는 없다. 전문분야에 따라 때로 내성적 성격이 요구되기도 하고 때로 외향적 성격이 요구될 수도 있는 것이다. 이렇게 생각해 보면 이상적 인간이란 때와 장소에 따라 상대적인 것이며 우리가 지어낸 허구에 불과하다는 결론이 나올 수도 있다.

앞의 예에서 살펴본 급한 성격도 때에 따라서는 매우 유용한 존재일 수 있다. 화재나 교통사고 같은 긴급한 상황에서 무사태평하고 느릿한 성격의 소유자는 위험천만일 것이다. 물론 태연하고 느긋한 성격도 나름대로 유용할 때가 있다.

사상가와 함께 생각하기

1920년경 '심리유형론'을 출간한 심리학자 융의 사상을 조금 맛보기로 하자.

"순수한 유형이란 있을 수 없다. 예를 들어 백 퍼센트 외향적인 속성을 지닌 사람이라든가, 아니면 내향성이 완벽하게 쇠퇴해버린 사람 같은 경우는 없을 것이다… 모든 개인들은 외향성과 내향성의 메커니즘을 동시에 지니고 있다. 그 중 어느 것이 상대적으로 우세한가에 따라 유형이 결정된다.

외향성은 에너지가 주로 바깥으로 분출하며 의식의 내용이 주로 외부대상으로 향하는 것을 가리킨다. 내향성은 의식의 내용이 개인의 내부에 있는 주체를 향한다… 외향적인 사람은 대개 자신의 삶이나 다른 사람들과 쉽게 접촉하며, 외부 사물들과 접촉하고 있을 때 자연스럽고 편안하게 느낀다… 내향적인 사람은 수줍고 소극적이기 때문에 접근하기가 어렵다"(D.60)

"융은 외향적인 사람과 내향적인 사람은 기질적으로 삶을 각각 다르게 바라볼 수밖에 없지만, 그들은 모두 정상적이고 건강한 사회구성원이라고 보았다. 그러한 기질은 숙명처럼 고정된 것이 아니라 변화를 겪으면서 점점 덜 두드러지게 된다. 그의 사상체계에서 보듯이 아들러

미로 같은 삶 속에서
길찾기

는 내향적인 기질을 지니고 있었지만 나이가 들면서 점차 변모하여 만
년의 삶은 내향적이 아니라 오히려 외향적인 것처럼 보이게 되었다"
(D. 57)… (내향성은 내적 관심이 전혀 바깥으로 나가지 못하는 건강하
지 못한 심리상태가 아니라, 행동하기 전에 성찰하고 숙고하고 생각하
고 살펴보는 건강하고 정상적인 태도 가운데 하나이다)

"내향적인 사람은 외부 대상에 대한 성찰로부터 영향을 받지만 외향
적인 사람은 자기 안에 일어나는 변화를 바깥에서 자기에게 영향을 주
는 외부 대상의 탓으로 여긴다"(D. 57~58)

성격과 개성의 세계에는 '다름'과 '차이'가 있을 뿐이지 결코
'우열'이 있는 것이 아니다. 각자는 다른 성격을 가진다. 그러나
어느 누구도 다른 사람보다 우월한 성격을 가진다라고는 말할 수
없다. 내향성이나 외향성 모두는 세계를 바라보는 서로 다른 관점
과 태도이고 서로 다른 그러나 동등하게 타당한 삶에의 적응방식
이다. 융에 의하면 내향성의 인간이 바깥 세계를 바라보는 창을 닫

고 자기 내면에만 갇혀 사는 수인이 아니라, 바깥 세계를 바라보되 대상들을 내면적 성찰을 통해서 여과시켜 바라보는 것이며, 행동하기 전에 세밀하게 살펴보는 신중한 삶의 태도 가운데 하나인 것이다. 그런가하면 외향성 역시 어떤 비정상적인 오류적인 성격이 아니라 조금 더 과감하고 활발한 삶의 방식이며 동시에 바깥 세계를 바라볼 때 내면적 관점을 투사시켜서 바라보는 것이 아니라 바깥 세계를 있는 그대로 바라보며, 자기 안의 변화를 자기 스스로에 기인한 것이 아니라 외부 사건의 영향에 기인한 것으로 간주하는 경향을 갖는 것이다.

완전히 내향적인 인간도 없고 완전히 외향적인 인간도 없으며 한 인간은 여러 성격들을 혼합해서 가지고 있는 복합적 통일체인 것이다. 한 인간은 내향성과 외향성을 동시에 가지고 있으며 나름의 내향적인 정도와 외향적인 정도를 가지고 있는 것이다. 그렇다면 우리는 우리 안에 잠재되어 있는 여러 가지 다양한 개성과 성격의 씨앗을 원한다면 끄집어내어 물을 주고 키울

수 있을 것이다. 그리고 어떤 성격을 가졌다고 해서 비관하거나 열등감을 느낄 필요가 없다. 성격으로 인해서 인간의 우열이 갈라질 수는 없다. 꽃들이 자기 나름의 모양과 색깔을 가지고 있고 그 모두가 생존에도 유용하고 보기에도 아름다운 것이듯이 인간의 성격도 마찬가지다.

❧ 맺는말 ❧

본래적으로 타고난 것이든 환경의 영향으로 또는 습관에 의해 굳어진 것이든지간에 각자는 각자의 심리적 특성과 개성을 가지고 있다. 각자의 심리적 영혼의 색깔은 마치 자연에 핀 각가지 꽃들과 다양한 새의 날갯빛처럼 누구도 대신 가질 수 없는 유일무이한 특성이고 귀중한 것이다. 각자가 가진 차이와 다름 때문에 자연은 아름답고 조화로우며 인간세계도 마찬가지다. 인간은 식물이나 짐승과는 달리 때때로 자기를 바꾸고 싶고 기존의 껍질을 벗고 새옷을 입고 싶어한다. 그것은 어쩔 수 없는 인간의 운명이다. 그러나 기존의 자신의 성격을 무가치한 것으

로서 부정하는 것은 커다란 오류이다. 자기 자신을 사랑할 수
있어야 한다. 그것이 내가 남을 사랑하고 남에게 사랑받는 기본
조건이다.

능력과 재능에 대한 불만족

모두가 평등을 부르짖는 반면에 이 세상 모든 것은 한마디로 예외없이 차등적이다. 이 우주의 어떤 두 사물도 같지 않다. 특히 인간이 선천적으로 타고나거나 후천적으로 획득한 능력이 그러하다. 선천적으로 타고난 능력이 똑같다고 해도 성장과정에서 그 능력이 어떻게 발견되고 키워지는가의 여부에 따라 개인차이가 벌어지게 된다.

한 인간이 잠재적으로 가질 수 있는 능력의 가짓수가 무궁무진함에도 불구하고 우리의 교육에서는 지성적, 합리적 계산 능력에 지나치게 편중되고 있는 느낌이다. 언제인가 이큐(감정지수)에 대해 한참 떠들썩대기도 하고 엠큐(도덕지수)까지 들먹이다가 이내 잠잠해지고 사람들은 다시 지능지수 일원론으로 되돌아간 것 같다.

학생들은 예나 다름없이 영어, 수학, 과학의 좁은 우물 안에서 허우적대고 거기에서 뒤떨어지면 인간이 아닌 원숭이 취급이라도 받는 듯이 수치스러워하고 극도의 비관과 절망상태에까지 도달하기도 한다. 인간의 능력에 있어서 공부가 전부가 아니며 영,수가 공부의 전부가 아님을 망각한 것만 같다. 심지어 의식이 진보되어 있고 많이 배운 친구도 초등학교 2학년짜리 딸이 시험에서 단 한 문제 틀린 것에 대해 매질하며 엄중히 꾸짖는 것을 보고 나는 매우 놀란 적이 있다. 인간의 머리가 동물처럼 생존이라는 하나의 방향을 통해서 규정되고 굳어지는 것이 아니라 고도로 유연하며 다양한 방향으로 발달될 수 있기 때문에 누구든지 노력만 하면 그 어떤 분야라도 상당한 수준에까지 도달할 수 있다. 공부도 그렇고 영,수도 그렇다.

개개인이 이미 타고난 또는 그간 획득한 능력과 기호를 무시하고 마치 볍씨 뿌리듯이 모든 학생들을 어떤 일정한 틀 속에 집어넣고 똑같은 비료와 농약을 주는 것은 자연에 대한 그리고 정신에 대한 일종의 폭력이 아닐 수 없다. 문제는 한 논에 뿌린 씨가 모두 똑같은 볍씨가 아니라는 데 있다. 거기에는 무씨, 배

너와 나의 만남

추씨, 엉겅퀴씨, 소나무씨… 등 갖가지 씨앗이 다 들어있는 것
이다. 우리 사회에서 잘못된 교육관행과 분위기 속에서 고통 당
하는 학생들이 불쌍하게 생각된다.

　이 글을 쓰고 있는 나 자신은 그런 비뚤어진 교육적 분위기에
서 별로 불편할 줄 모른채 학창시절을 보냈다. 그것은 학교교육
방식이 내게 알맞고 내가 적응하기 쉬웠기 때문이 아니라 첫째
는 나의 무감각 때문이고 둘째는 나의 타고난 재능 가운데 하나
가 지성적 능력이었기 때문인 것 같다. 학창시절에 나를 괴롭혔
던 것은 과중한 공부 부담보다도 체육, 교련, 조회, 응원연습,
송충이 잡기였다. 뙤약볕 또는 눈보라 속의 기계적인 신체적 움
직임 또는 부동자세는 혐오스럽기까지 했다. 학교 공부는 그런
대로 열심히 했고 성적도 웬만했다. 그러나 지금 그때를 되돌아
보면 공부 역시 응원연습만큼이나 무미건조하기 짝이 없고 무
의미하기 짝이 없었다. 그것이 무미건조한 이유는 내가 발전시
킬 수 있는 무궁무진한 능력들이 모두 거세당하고 책장만 넘기

게 만들었기 때문이고 그것이 무의미한 이유는 구체적 삶의 문제의 해결에서나 계속적인 학문탐구에서 그때의 공부가 하등 도움이 되지 않기 때문이다. 차라리 내가 그렇게 원했던 피아노를 배웠더라면 나는 훨씬 더 조화로운 감성을 가지게 되었을 것이고 인간관계에서의 갈등도 조금 더 명료하게 풀 수 있었을 것이다. 심지어 학문탐구에 있어서도 보다 생기발랄한 상상력과 재치를 발휘할 수 있을지도 모른다.

근세 과학혁명 이후 모든 것이 수치화되어 계산되고 모든 것이 양적으로 비교되고 있다. 실험실의 동식물뿐만 아니라 인간의 모든 능력과 심지어 인간의 육체미까지도 수치화되고 점수로 계산되고 있다. 각종 스포츠가 나이와 체중을 기준으로 인간을 분류하고 달리기, 넓이뛰기, 높이뛰기, 수영 등을 길이 단위로 시간 단위로 수치화하고 있다. 나아가서 인간의 지적능력도 특정 나이를 기준으로 정해진 시간 안에 문제 몇 개를 푸느냐에 따라 계산되고 있다.

어머니의 마음처럼
감싸안기

　그러나 아무리 생년월일이 같은 쌍둥이라도 지적능력의 정확한 비교는 불가능하다. 두 인간은 언제나 신체상태가 다르고 감정적 기분도 다르며 삶에서 겪는 갈등과 고민의 종류도 다르다. 아무리 많은 준비를 했다고 해도 번민이 있을 때는 머리를 잘 굴릴 수 없게 된다. 똑같은 시험문제를 아침에 푸느냐 저녁에 푸느냐에 따라 완전히 다른 성적을 받을 수도 있는 것이다. 누구나 다 경험하는 것이지만 때에 따라 집중이 전혀 안 되고 혼란스러우며 눈까지 침침해서 글씨를 제대로 읽을 수 없을 때가 있는 반면에 머리가 너무도 명료해져서 순식간에 몇 페이지를 읽는 때도 있기 때문이다.

　그러면 과연 내가 어제 치룬 기말고사에서 영어성적이 평균점수보다 뒤떨어진다고 해서 나의 본래 실력이 낮으며 지적능력이 부족한 바보라고 할 수 있을까? 결단코 아니라고 말할 수 있다.

인간 속에는 아직 과학적으로 입증되지 않은 수많은 능력들이 숨겨져 있으며 이미 밝혀진 능력에도 영어, 수학 능력 같은 지적 기억능력, 계산능력뿐만이 아니라 예술적 감성, 직감, 상상력, 창조력, 표현력, 갖가지 신체적 능력, 도덕적 판단력 등 다른 많은 것들이 있다. 그러므로 현재 학교공부에 쓰이는 인간 능력은 우리의 무수한 능력들 가운데 극히 작은 일부분에 불과하다.

중요한 것은 시험문제 한 개 더 푸느냐 아니냐가 아니라 진정한 내면적 풍부성과 정신적 감수성이 있느냐 그리고 지성적 즐거움이 있는 삶을 살 수 있느냐이다.

사상가와 함께 생각하기

쇼펜하우어가 이야기하는 진정한 의미의 정신적 인간이란 어떤 것인가 한번 살펴보자.

"정신의 둔중함은 전면적으로 감각의 둔중함 및 자극감성의 부족과 서

그대 마음은
너무 복잡해

로 함께 하고 있다(이것은 내면적 공허를 낳으며 공허는 끊임없이 외부적 자극을 갈구하며 저속한 오락과 온갖 종류의 사교, 유흥, 사치, 낭비에 빠지게 한다. 이것은 곧 내면의 빈곤으로 떨어지게 만든다)… 이러한 빈곤을 가장 안전하게 막는 길은 내면의 부, 정신의 부라 할 수 있다. (왜냐하면 정신의 부는… 지루함이 침범할 여지를 남기지 않기 때문이다)… 아무리 추구해도 그치지 않는 사상의 활발한 움직임, 내면세계와 외면세계의 천차만별의 현상과의 접촉을 통해 끊임없이 새로이 솟는 생각 그리고 그 생각들의 결합… 그런 결합에의 충동 때문에… 두뇌는 전혀 지루함을 느끼지 못할 것이다" (E. 33)

"향락에는 음식, 소화, 휴식, 수면의 향락이 있고 격투, 무용, 검도, 승마 그밖의 모든 종류의 운동경기와 수렵 또는 투쟁이나 전쟁의 향락이 있다. 그밖에 정신적 감수성의 향락으로서 고찰, 사유, 감상, 시쓰기, 회화, 조각, 음악, 학습, 독서, 명상, 발명, 철학적 사색 등의 향락이 있다. 이 세 종류의 향락이 갖는 가치, 정도, 지속성에 대한 고찰은 독자들에게 맡기기로 한다. …향락의 전제조건이 되고 있는 능력이 고

상한 종류의 능력일수록 향락과 행복이 더욱더 크다는 것은 누구의 눈으로도 분명하게 보일 것이다. 정신적 감수성이 압도적으로 많을수록 인식을 본질로 삼고 향락 즉 정신적 향락을 더 많이 얻을 수 있다"(E. 41~42)

"종류의 여하를 불문하고 자신의 특기를 그 어떤 것의 방해도 받지 않고 발휘할 수 있는 것이야말로 궁극적인 행복이다… 따라서 재능을 물려받고 태어난 자는 이 재능에 사는 것이 가장 아름다운 생활 방식이다"(E. 49)

쇼펜하우어는 사유, 명상, 창작, 예술활동 등을 통틀어서 지성적 활동 속에 집어넣고 얄팍한 오락이나 사교, 사치에 빠지지 않으며 자신의 지적 재능을 맘껏 발휘하는데서 즐거움을 느끼고 여타의 모든 것을 망각하는 경지에 이른 사람을 진정한 의미의 정신적인 재능을 가진 자라고 생각하고 있다. 이런 의미의 지적 재능이 현재 학교 공부에서 얼마 만큼이나 필요하며 중요

결혼 또는
단조로운 삶

시 되고 있는가?

인간의 재능에는 쇼펜하우어가 말하는 정신적 재능만이 있는
것이 아니다. 각자가 각자 특유의 재능 하나씩을 가지고 있다.
자신의 숨겨진 재능을 발견하고 그것을 발휘하는 활동으로 삶
의 대부분의 시간을 사용한다면 그 이상의 행복은 없을 것이다.
이미 가지고 있는 재능을 발휘하는 데는 오락이나 사치 낭비처
럼 그렇게 많은 돈이나 친구를 필요로 하지 않는다. 거기에서
우리는 작은 것을 재료로 하여 큰 기쁨을 누릴 수 있을 것이다.

⚛ 맺는말 ⚛

남들이 높이 평가하는 능력을 얻으려고 고생하지 말고 자기
안을 들여다보고 남들이 가질 수 없는 자신만의 능력을 발견하
여 키우고 발휘하자.

"그대는 젊음과 지식을 동시에 지닐 수 없습니다.

젊음은 너무 바빠 앎에 이르지 못하고

지식 또한 너무 바빠

삶을 추구할 수 없는 까닭입니다" (F. 106)

돈과 소유에 대한 불만족

돈 때문에 돌아버릴 것 같은 사람들이 너무나도 많은 시기이다. 대기업 소기업들이 구분없이 연쇄적으로 붕괴되고 거리 곳곳에는 직장을 잃은 가장들이 방황하고 있다. 끼니를 잇지 못하는 극빈자를 위해 식사를 제공하는 날개없는 인간 천사들이 분주히 움직이지만 배고픈 자들의 숫자는 날로 늘어가고만 있다. 아무리 품성이 선하고 천재적인 머리를 가지고 있더라도 돈이 없으면 거지이고, 누구도 거들떠 보지 않는다. 반대로 천성이 악하고 머리가 둔하더라도 돈만 있으면 얼마든지 겉모습뿐만 아니라 속사람까지도 그럴듯하게 변장할 수 있다.

"음식물은 배고픈 자에게만… 약은 병자에게만, 모피는 겨울철에만, 여인은 젊은 남자에게만 소용되는 것으로서 단 한 가지의 욕망만을 만족시킨다. 따라서 그것들은 상대적으로 좋은 것에 불과하다. 그러나 돈은 한 가지 욕망만이 아니라 욕망이라고 하는 것 전체를 충족시킬 수 있는 것이므로 절대적으로 좋은 것이 된다" (E. 59)

"돈이 삶의 모든 쾌락과 편의성을 누릴 능력을 제공하므로 바로 이 능력 때문에 수전노는 즐거움을 느낀다… 우리는 공상의 환각 때문에 이 쾌락이 여전히 더욱 가깝고 직접적이라고 판단한다… 우리는 쾌락의 향유와 더욱 가까워지는 것으로 여기며 마치 쾌락의 향유가 완전하고 필연적인 것처럼 생생한 만족을 얻는다" (C. 63)

돈이 있다는 것은 앞으로 내가 원하는 것이면 어떤 것이든 손에 넣을 수 있는 가능성, 또는 그것에 대한 상상, 기대, 희망으로 인해 만족과 즐거움을 준다. 반대로 돈이 없다는 것은 내가 현재 변변치 못하게 먹고 입고 산다는 구체적인 현실보다도, 앞으로도 언제까지나 그렇게 살 것이라는 미래에 대한 기대로 인해 그리고 나의 소망을 실현시킬 수 없을 것이라는 상상으로 인해 절망과 불만족을 야기한다.

"돈은 신비한 힘을 지니게 되고 금권을 장악한 자는 힘을 지니게 된다. 돈을 많이 가졌다는 단 하나의 이유만으로 그 사람은 보통사람이

잎새들의 우주
- 그 어디든지
거침없이 뿌리를 뻗어 봐

아닌 것처럼 보이게 된다" (G. 208)

"돈이나 소유개념은 농경시대 이전에는 확실한 형태로 존재하지 않았고 아주 소박한 육체적 힘을 겨루는 생물학적 힘만이 있었을 뿐이다. 재물이란 그날 먹을 정도만 들이나 산에서 채취하여 모아두는 정도였다. 그러나 인간이 농사를 짓기 시작하면서 사정은 달라졌다. 쌓아 놓을 만한 잉여생산물이 생기기 시작하면서 단순한 재물이 아니라 재물의 상징인 돈이라는 것이 등장한다" (G. 206)

돈은 잉여생산물의 교환수단으로서 추상적이고 상징적인 것이다. 그러므로 인간의 의식이 추상적 상징을 다룰 정도로 발달한 농경시대에 이르러서 비로소 돈이 만들어질 수 있었던 것이다.

사상가와 함께 생각하기

인간의 소유욕은 가진 것이 줄어들수록 같이 줄어들기도 하는 한편 가진 것이 늘어날수록 같이 늘어나기도 한다. 갑작스런 파산상태에서는 허리띠를 졸라매게 되고 재산증식이 순조롭게 진행될수록 더욱더 많이 갖기를 원하게 된다. "부란 바닷물과 같아서 마시면 마실수록 갈증을 느끼게 된다"(E. 58) 다른 한편 재산에 대한 만족은 재산에 대한 욕구의 양에 따라 가변적이고 상대적인 것이다.

"재산에 대한 염원은 어디까지가 합리적일까 하는 한계를 결정하기는 불가능하지 않지만 확실히 쉽지 않은 것이다. 그 이유는 누구든지 간에 재산에 대한 만족은 절대량에 근거하는 것이 아니라 단순히 상대적인 양, 곧 욕구와 재산과의 비례에 근거하기 때문이다. 그러므로 재산만을 분리해서 고찰하는 것은 분모가 없는 분자처럼 무의미한 것이다. 나보다 백 배나 많은 재산을 가진 사람은 자기가 욕구하는 것 단한 가지가 부족하여 불행스러워 할 수 있다. 반면에 어떤 재화를 꿈에서도 욕구한 적이 없다면 그것의 결핍 때문에 곤란을 겪는 일은 절대로 없을 것이다…"(E. 57~58)

둘이라는 것의
의미

  재산에 대한 만족도는 현재 소유한 재산의 양과 욕구하는 재산의 양과의 관계로 표현될 수 있다. 그러므로 재산에 대해 만족하려면 욕구를 줄이든가, 재산을 늘리든가 해야 한다. 현재 조건이 변하지 않는 한 욕구는 줄어들지 않으며 재산도 마음대로 늘릴 수 있는 것이 아니다. 그러므로 재산에 대한 불만은 만족보다 압도적으로 지배적인 것이다. 또한 재산에 대한 만족도는 자신보다 많이 가진 자를 올려다 볼수록 낮아지며 자신보다 빈곤한 자를 내려다 볼수록 높아진다. 위와 아래를 번갈아가며 공평하게 바라보아야 하지만 대부분의 인간들은 아래보다는 위를 주시하며 불행에 빠지게 된다.

  인간의 소유욕은 왜 이렇게 그칠 줄 모르고 커지는 것일까?

  "인간 욕망의 기원은 자기가 피조물이라는 사실을 느끼기 시작하면서 생긴다. 유한한 피조물이 자기의 유한성을 초월하기 위해서 안간힘으로 재산을 축적하려는 욕구로 번지게 된다… 인간이 나약하기 때문에 유한으로 무한을 대치시키려는 것이 아니라, 인간은 신의 형상을 무한하게 가지고 있는데 그것을 다 실현하기 전까지는 불안하기 때문에 그 영원한 자아와 하나됨을 실현하는 과정 속에서 부단히 (신의) 대치물로 자기의 불안을 위로하려고 하는 것이다" (G. 207~208)

인간의 가장 큰 욕구는 철학자 김상일에 의하면 이성과의 합일에의 욕구인 성욕보다도 대우주 또는 절대자와의 합일에의 욕구이다. 나와 우주의 하나됨, 쉽게 말하면 인간이 신이 되는 경지를 이루는 대신 인간은 "안정을 추구하기 위해 신의 대체물을 만들어내 그것을 신주단지 같이 부둥켜 안고 안도의 한숨을 내쉰다" "인간은 진정으로 도와 하나되고 신과 하나되기 전까지는 마음의 평화를 얻을 수 없다" (G. 165)

"농경시대에 들어와서 잉여생산물은 돈의 축적을 가져왔으며 축적된 돈은 무엇이든 해낼 수 있다는 인간의 착각은 돈마저 우주적 자아로 착각하게 만든다. 그리고 돈과 자기가 동일하다고 착각한다… 문명의 비틀림

함께 나란히 걷기

현상이 여기서부터 생긴다. 돈이 한 (우주적 자아)을 대신하는 대치물이 된 것이다. 이것을 달리 표현하면 물신주의라 한다… 우리는 모두 이런 물신주의 귀신에 사로잡혀 있다" (G. 166)

인간은 자신의 인격적 가치와 거리가 먼 주택, 정원, 마차, 가구, 옷, 개 등과 같은 소유물에서도 긍지와 허영심을 느낀다.

"그밖에 자신이 태어난 곳의 기후와 기름진 땅, 그 땅에서 나는 포도주와 과일, 그리고 음식 등의 우월성을 자랑삼기도 한다… 우리는 자신과 관계있는 국가와 기후 또는 무생명체 등을 자랑 삼을 수 있으므로 혈연이나 우정을 통해 자신과 연관된 사람의 성질을 자랑삼는 것도 당연하다… 자기 가문의 아름다움, 가훈, 공적, 명성, 명예 등이 긍지를 통해 조심스럽게 드러난다" (C. 53, 56, 60)

인간은 직접적으로 가진 품성과 재물, 나아가서 간접적으로 연관된 사물이나 인간을 자랑스럽게 여긴다. 그런 직접적 간접적 소유물을 자신의 자아로 착각하기 때문이다. 아무튼 소유는 많으면 많을수록 그리고 남이 가진 것과 비교해서 많으면 많을수록 만족을 주는 것이다.

☙ 맺는말 ☙

위장을 두 개 가진 인간은 없다. 몸을 두 개 가진 인간도 없다. 한끼 배를 채우는 데에는 누구나 밥 한 그릇이면 충분하고 몸을 가릴 옷은 한벌이면 충분하다. 자연적 필요를 넘어서서 넘치는 소유욕은 영혼의 가난에서 발생되며 또다른 영혼의 가난을 초래한다. 에피쿠로스는 이렇게 말했다. "아무 것도 필요로 하지 않는 사람일수록 보다 기쁜 날을 맞는다"(H. 86)

재산은 내가 어디든지 날아갈 수 있는 날개이지만 지나치게 과잉된 재산은 나의 자유를 방해하는 걸림돌이 될 수 있다. 재산은 도둑의 표적이 되며 이웃과의 거리를 넓히는 장벽이다. 살아가는데 필요한 재산의 세 배 정도만 소유하고 그 나머지를 모

이리저리 부딪히게
마련이야

두 어려운 이웃과 사회복지를 위한 헌금으로 바쳐질 수 있다면
지구는 지상낙원으로 바뀔 수 있지 않을까?

> "미국 오리건 주에서 자동차를 타고 가다 폭설에 파묻힌 남자
> 5명이 지폐 등을 태우며 추위를 견딘 끝에 무사히 구조됐다고. 이
> 들은 지난 달 28일 자동차들이 눈 속에 파묻혀 꼼짝달싹 못하는
> 상황에서 날이 어두워지고 기온이 크게 떨어지자 돈, 현금, 지갑
> 등 소지품을 모두 꺼내 태우며 밤을 지새운 끝에 다음 날 구조대
> 에 발견됐다고" (R. 1998. 12. 2)

돈이 이렇게 무가치할 때도 있는 것이다.

2. 타인과의 갈등에서 오는 불쾌감

사랑하는 이성과의 갈등

남녀간의 사랑에서 불쾌감을 갖게 되는 이유 가운데 가장 대표적인 것이 삼각관계 또는 외도일 것이다. 제라르 드빠르디유가 주연을 맡은 프랑스영화 '내겐 너무 이쁜 당신' 을 보면 중소기업 사장인 베르나르가 지성과 미모를 겸비한 아내 플로랑스의 강한 콧대에 불만을 품고 못생긴 새 비서 꼴레트와 불륜 관계를 맺는다. 그 뒤를 밟아 호텔까지 따라온 플로랑스와 덜미를 잡힌 꼴레트의 대화는 다음과 같다.

꼴레트   (발가벗은 채 누워서) 베르나르!
베르나르   왜?

조화로운 영혼

꼴레트   당신과 함께 살고 싶어요.

베르나르   난 가야 되겠어.

꼴레트   오래도 원치 않아요. 단 며칠만이라도.

(베르나르가 나가고 잠시 후 플로랑스가 비에 젖은 채 호텔방으로 들어온다)

플로랑스   당신이었군.

꼴레트   죄송해요.

플로랑스   감정이 묘하군. 울고 싶기도 하고 웃고 싶기도 해. 토할 것 같애.

꼴레트   앉아요.

플로랑스   앉고 싶지 않아. 수다떨려고 온 게 아니야. 이런 모욕감 느껴봤어? 몸둘바를 모르겠군.

꼴레트   이게 모욕이라구요? 어떤 여자인지 궁금해서 오는 게 당연하죠.

플로랑스   매력이라곤 눈꼽만큼도 없는 것이, 내면은 모르겠지만… 무례해서 미안해요. 이러고 싶지는 않았어요. 어떻게 남편을 꼬셨죠. 첫눈에 반했을리는 만무하고.

꼴레트   사랑을 베풀 줄 아는 여자는 남자들의 관심을 받죠.

플로랑스   웃기는군… 그는 내 남자야.

꼴레트   며칠간만 그를 빌려줘요. 그는 내 곁에 있으면 편안해 해요. 딴 사람으로 만들어서 돌려드릴께요. 당신은 신혼초처럼 지낼 수 있을 거예요. 가줘요. 난 옷 입고 나가야겠어요.

플로랑스   (이불을 젖히며) 이걸로 유혹했어?

꼴레트   왜 반말이에요?

플로랑스   대답해! 당신의 무기가 뭐야?

꼴레트   외도하는 남자는 호기심으로 바람 피우지만 곧 식어버리고 제자리로 돌아가죠. 깊이 빠지기 전에 본래의 생활을 되찾는 거죠. 그것을 늦게 깨닫는 남자도 있어요. 호기심 많고 연약한 남자가 그렇죠. 베르나르도 알고 보면 연약해요. 당신은 너무도 예뻐요. 그런데 어떻게 그가 그럴 수 있죠?

분출
때로는 너를
터뜨려 보는거야

　어떤 이성을 사랑하는 감정이 있으면 그와 동시에 그 사람에 대한 소유욕이 일어나게 마련이다. 아내 플로랑스는 남편 베르나르를 완전히 소유하려 하고 꼴레트는 꼴레트대로 베르나르를 소유하려고 한다. 베르나르는 꼴레트와 플로랑스 두 여자를 모두 소유하기를 원한다. 물건에 대한 소유욕 그리고 인간에 대한 소유욕은 번뇌를 일으키고 인간 가운데 특히 사랑하는 이성에 대한 소유욕은 이 세상에 있을 수 있는 번민 가운데 가장 큰 번민을 일으킨다고도 할 수 있다.

　바람처럼 닫힌 문틈 사이로 비집고 들어가는 사랑이라는 감정은 결혼이라는 법이나 제도의 폐쇄된 창살을 아랑곳하지 않고 자유로이 넘나든다. 그렇기 때문에 결혼을 통해 법의 보호를 받는 플로랑스와 베르나르의 부부관계도 전적으로 안전한 것만은 아니다. 당사자 스스로 보호 테두리 바깥으로 나가서 방황할 수도 있고 다른 한쪽은 상대방의 그런 방황 때문에 불행해지게 된다. 어찌보면 그런 법적 경계선의 존재 자체가 경계침범행위를 유발하고 다른 한편으로는 그런 행위에 대한 분노, 그런 분노에 따른 갖가지 복수, 정부와 살기 위해서 저지르는 남편에 대한 살인처럼 그런 경계선을 회피해 가고자 하는 갖가지 범죄를 불러일으키게 된다고도 할 수 있다. 혹자는 그런 최소한의 법제도나마 존재하지 않는다면 더더욱 큰 혼란이 빚어질 것이라고 생각할 수도 있다. 두 갈래길 가운데 인류는 한쪽 길을 걸어왔고 다른 길은 아직 가지 않은 길이다. 가지 않는 길이 어떠하리라는 것은 누구도 명확히 알 수 없다. 그러나 과연 일부일처제라는 결혼제도는 지금까지의 성과로 보아 단연코 성공적이라고 할 수 있는가. 여기에 대해 확실히 그렇다라고 말하기는 역시 쉽지 않다.

나 아닌 다른 한 인간을 소유한다는 의미는 무엇일까? 부모나 자식이 생존해 있다면 우리는 부모나 자식을 가지고 있다고 말한다. 그리고 사랑하는 사람이 존재한다면 사랑하는 이를 가지고 있다고 말한다. 그가 어디엔가 살아 숨쉰다는 사실 그 자

때로는 코믹배우의 마음처럼
자유분방하고 조금은
유치해지고 싶지 않니?

체를 두고 우리는 그를 소유한다는 식으로 얘기하는 것이다. 그러나 사랑의 감정과 더불어 일어나는 소유욕은 단지 사랑하는 대상이 어딘가에 살아있다는 사실만으로는 충족되지 않는다. 그래서 그를 확실히 소유하고 싶다거나, 그녀를 확실히 소유하고 싶다는 욕구를 갖게 된다.

어떤 여자가 한 남자를 소유한다는 의미는 무엇인가? 우선 그와 사랑하는 감정을 공유하고 그에게 관심과 사랑을 받는다는 것을 의미할 수 있다. 그리고 더 나아가 그와 성관계를 갖는다는 것을 의미할 수도 있다. 단 한 번의 성관계로 그가 그녀의 것일 수 있는가? 그녀는 아니라고 믿는다. 그와 함께 동거하거나 결혼해야 한다고 생각한다. 그녀는 그와 결혼한다. 그러면 그는 그녀의 것인가? 그래도 아닐 수 있다. 위의 영화에서 볼 수 있듯이 베르나르는 다른 여자와 바람을 피울 수도 있다. 그를 온종일 방안에 가두고 자물쇠를 채운다면 그는 외도할 수 없을 것이다. 그러나 그는 계속 꼴레트를 만나고 싶어할 것이고 그의 영혼에까지 자물쇠를 채울 수는 없을 것이다. 그리고 그를 가두는 것은 그를 애완동물로 취급하는 것이지 인격적으로 대우하는 것은 아니다.

어떤 인도 기행문을 보니까 인도에서는 남의 물건을 몰래 훔치다 들킨 도둑이 뻔뻔하게 "이것은 네가 이승에서 잠시 가지고 있는 것 뿐이다"라고 말한다고 한다. 나의 존재 자체가 영원하지 못한 유한적 존재인데 그런 존재인 내가 어떤 것을 과연 영원히 소유할 수 있을까? 내 몸도 죽고나면 내 것이 아닌데 어떤 물건을 그리고 심지어 인간을 진정한 내 것으로서 소유할 수 있을까?

사상가와 함께 생각하기
앞에서 도둑이 한 말의 본원지일지도 모르는 『요가수트라』를 보기로 하자.
"단지 도둑질을 하지 않는 것만으로는 충분치 못하다. 사람이나 물건

아가가 그린
사람

에 대한 탐심이 없어져야 한다. 그러기 위해서는 이 세상에 우리의 소유라고 할 것이 하나도 없다는 사실을 알아야만 한다. 우리의 소유라고 하는 것들은 우리가 잠시 빌려 쓰고 있는 것일 뿐이다… 필요 이상으로 가지거나 가진 것을 낭비하는 것은 다른 이에게 돌아갈 몫을 훔치는 것과 다르지 않다" (I. 170)

무소유의 태도는 물건이나 재산뿐 아니라 관계맺고 있는 인간에게도 적용되어야 한다. 돈에 대한 소유욕이 신과의 진정한 합치에 실패하고 신 대신에 돈을 신으로 삼는 것이듯이 인간에 대한 소유욕에 대해서도 똑같은 말을 할 수 있다. 인간은 소유될 수 있는 물건이 아니라고 생각하며 살아가야 할 것이다. 한밤중에 산책한 뒤 되돌아와 보니 부인 옆에 다른 남자가 누워있는 것을 보고 처용은 초연히 풍자시를 읊는다. 그런 처용의 태도야말로 초월적인 무소유적 삶의 모범이라고도 할 수 있다.

무소유의 태도는 사랑하는 이에게 자유로운 날갯짓을 허용하는 것이다. 자유의 날개는 그가 다른 곳으로 방황하는 데에만 쓰이는 것이 아니라 결국 나에게 되돌아오는 데에도 쓰인다. 자유의 날개를 얻은 남자는 멀리 날지 못하고 되돌아오게 마련이다. 무소유적 태도는 내게 초연함과 평화를 주기에 좋은 것이고 사랑하는 이를 넓게 포용하는 것이기에 내가 그와 더불어 기뻐할 수 있어서 좋은 것이고 사랑하는 이를 잃을 염려가 없기에 좋은 것이다.

"모든 사람들이 추구하는 보편적인 행복은 단 한 개인만이 소유할 수 있는 특정한 사물, 일단 소유하면 만족보다는, 불완전한 소유에 대한 슬픔을 더 크게 느끼게 하는 그런 사물 속에 들어있을 수는 없다… 참된 행복이란 모든 사람들이 상실도 선망도 하지 않고 다함께 소유할 수 있으며 아무도 자기 의사와는 반대로 잃어버리는 일이 없는 그런 것에서 얻어져야 한다…" (J. 216)

사물이건 인간이건 간에 내가 좌지우지할 수 없는 그런 어떤

좋은 기분

존재에 나의 행복이 달려 있다고 믿고 매달리는 것은 불합리한 짓이다.

남편의 외도에 대해 플로랑스는 주체하지 못할 정도로 격분했다. 또는 나스타샤킨스키 주연의 '사랑의 아픔'이라는 영화에서 베르제롱 교수는 그의 애인 쥴리에뜨가 그가 총애하는 인턴 끌레망과 깊은 사랑에 빠지자 화가 나서 끌레망의 미래의 직업적 전망이 전혀 없음을 단언한다. 가시에 찔리면 당연히 따끔하듯이 사랑하는 사람의 외도는 우리를 몹시 괴롭힌다. 그것은 어쩌면 자연적 감정인지도 모른다. 아니면 그것은 어쩌면 사유재산 제도의 잔재인지도 모른다. 즉 재산의 사적 소유와 같이 인간도 당연히 사적 소유라는 생각에서 발생하는지도 모른다.

∰ 맺는말 ∰

사랑을 독점할 수 있다거나 인간을 소유할 수 있다는 망상에서 벗어나려는 노력이 필요하다. 그것을 진정으로 깨닫고 하루

하루 그런 인식이 몸에 습관적으로 배도록 하는 일이 필요하다. 단순한 겉핥기식으로 그렇다는 사실을 머리로 기억하는 것으로는 충분치 않기 때문이다. 그런 깨달음에의 노력은 연애나 결혼 훨씬 이전부터 인생의 험난한 파도를 헤쳐나가기 위한 준비작업으로 이루어져야 할 것이다. 여유있는 그리고 자유롭게 해방된 무소유의 태도는 우리의 분노를 완전히 제거할 수는 없어도 훨씬 더 경감시킬 수 있을 것이다.

가까운 가족과의 갈등

사이가 밀접한 관계에 놓인 가족이나 친구가 우리를 귀찮게
하거나 몹시 괴롭힐 때가 있다. 다음의 수필을 보자. 그것은 내
가 쓴 『나무가 내게 가르쳐준 것들』이라는 에세이집에 들어 있
는 글이다.

어느 날 아침 구름덩이를 던지면서 구름싸움을 하며 노는 꿈을 꾸다
가 깨어보니 우리 집이 연기로 변해 있었다. 유리창도 벽도, 식탁, 장
롱, 라디오, 텔레비전… 모두 몽실몽실한 연기였다. 그것은 아버지가
쉴새없이 뿜어대던 담배연기의 물리화학적 승리였다.

연기로 된 텔레비전에서 뉴스가 나오고, 식사 때면 연기로 된 식탁
위에 밥그릇, 국그릇이 둥둥 떠다녔다. 유리창이나 벽대신 들어찬 연
기는 냉방온방 구실을 너무도 잘해냈다. 연기는 여름날에는 바깥에서
몰려오는 무더운 공기를 떠밀어냈고, 겨울에는 찬공기와 북풍을 억센
힘으로 물리쳤다…

동생이 갓 태어났을 때 아버지는 동생 곁에서 사흘 동안 끊임없이
담배연기를 뿜었다.

어젯밤에는 대소동이 있었다. 아버지가 먹구름 같은 연기로 변해서 벽 속의 연기와 뒤섞여 버린 것이었다. 아버지의 목소리는 들렸으나 모습은 보이지 않았다. 오늘 아침 강렬한 태양이 비추자 검은 연기로 된 벽과 푸른 연기로 된 아버지가 비로소 분리되었다. (K. 129)

이것은 무분별하게 담배를 피우는 아버지를 풍자한 글이다. 집 바깥에서 누군가 담배를 피운다면 다른 곳으로 피해갈 수 있지만 집 안에서 누군가 담배를 피우면 우리는 꼼짝없이 옆에서 냄새를 맡고 있어야만 한다. 많은 애연가들이 옆에서 다른 사람이 잠시 연기를 들이마시는 것 정도는 아무런 피해도 아니라고 생각한다. 그래서 수필 속의 아버지는 갓난아이 옆에서도 흡연을 멈추지 않는 것이다. 흡연으로 인한 고통을 호소하면 오히려 반발하고 분노하는 것이 대부분의 흡연자들의 습관이기도 하다.

가까운 가족이나 친구가 우리에게 불쾌감과 피해를 주는 경

아름다운 상처

우는 그 밖에도 무수히 많다. 술주정이나 구타, 불결, 도박, 낭비 등등. 가까운 관계에 있는 사람의 특정한 행위도 우리를 심하게 괴롭힐 수 있지만 단순히 그 사람의 성격이나 태도 그 자체가 우리에게 거슬릴 수도 있다. 지나친 내향성과 과묵함 또는 그 반대로 지나친 활발함과 수다가 사람에 따라서 마음에 들지 않을 수도 있다. 타인의 행위나 성격 및 태도의 수정은 그렇게 간단한 문제가 아니다. 타인 스스로가 노력하는 것을 기대하기도 어렵고 우리가 나서서 타인을 통제하고 교육하는 것도 타인과의 큰 마찰을 불러일으키므로 역시 힘들다. 바깥 세상을 바꾸는 것은 너무 힘들다. 그렇기 때문에 세상을 바꾸려 들지말고 너 자신을 바꾸라는 철학자의 충고가 생겨난 것이다.

이 세상의 모든 사물들은 각자의 본성을 갖고 있다. 소금은 짜고 설탕은 달며 겨자는 맵다. 때와 장소와 상황에 따라 사물들이 서로 잘 조화될 수도 있고 서로 맞지 않을 수도 있다. 소금은 찌개에는 어울리지만 커피에는 그렇지 않다. 커피는 인간에게 기분 좋은 음료이지만 나무에게는 그렇지 않다. 인간들도 마찬가지로 각자의 개성과 자신이 처한 상황에 따라 서로 조화되기도 하고 충돌하기도 한다.

사람들간의 조화는 일차적으로 마음의 선함이나 배려 깊은 성격보다도 두 사람의 개성이 서로 얼만큼 어울리는가에 달려 있다. 물이 아무리 청정하더라도 불과 만나면 불의 존재를 위협한다. 조금 혼탁한 물이라도 불보다는 꽃나무와 더 잘 어울릴 것이다. 예를 들면 이성간의 이끌림과 배척은 바로 그런 개성에 따라 거의 자동적으로 서로의 눈길 교환에 의해 이루어지는 것이다.

부부, 부모자식, 친구간의 조화는 자아의 본래적 색깔들에 의해 결정되는 것이다. 부모라도 자식과 맞지 않을 수 있고 형제 관계도 그렇다. 그런데 우리는 우리 곁의 맞지 않는 인간, 싫은 인간을 언제나 쉽게 회피하거나 따로 살 수 있는 것은 아

힘들어, 내 손 좀
잡아줘

니다. 가족이 싫다고 누구나 쉽게 집을 떠나서 살 수 있는 것은
아니다.

∾ 맺는말 ∾

우리 곁의 불쾌한 인간을 교정할 수도 없고 그 곁을 떠날 수
도 없다면, 마지막 남은 길은 인생을 보는 관점과 태도를 바꾸
는 것이다. 어쩔 수 없다고 체념하는 길이나 나의 상황을 운명
으로 알고 받아들이고 순종하는 길도 있지만, 될 수 있으면 단
점을 꼬집어 비판하기 보다는 장점을 자꾸 찾아보고 장점에 초
점을 맞추어 사람과 상황을 바라보는 길도 있다. 남편이 지나치
게 꼼꼼하고 내성적이라고 비판하기 보다는 차분하고 신중하며
함부로 일을 그르치지 않는다고 생각해야 할 것이다. 각자의 생
긴 모습은 거의 운명과 같이 자신의 의지와는 무관하게 주어지
는 것이다. 그러므로 타인의 생긴 모습도 하나의 운명으로서 있
는 그대로 인정하고 받아들이며, 때로 그도 그 자신을 바꿀 수
없다는 데 대해 내가 동정심을 느껴야 할 것이다. 또는 한번 상

상의 나래를 펼쳐 그 사람을 삭막하고 외로운 은하계 한가운데서 만났다고 생각해 보자. 나는 당연히 그를 마치 구세주처럼 반기게 될 것이다.

전혀 모르는 타인과의 갈등

천재 과학자이면서 바이올린도 잘 켰던 어떤 사람이 길에서 바이올린 연주를 하는 걸인을 보았다. 그 걸인의 연주솜씨는 너무도 형편 없었다. 그는 갑자기 걸인에게 다가가서 바이올린을 빼앗더니 멋진 연주를 하기 시작했다. 그리고 삽시간에 동전이 그 앞에 수북히 쌓였다.

요즘의 경제위기로 역이나 공원에서 먹고 자는 노숙자가 부쩍 늘었다고 한다. 배가 고파서 음료수 한 병 훔친 죄로 경찰에 잡힌 현대판 장발장이 있는가 하면 그렇게 불쌍한 이웃을 음료수 한 병 때문에 고발하는 써늘한 인간도 예나 다름없이 지금도 존재한다.

빈자와 걸인에 대해 느끼는 위화감이나 불쾌감은 유럽보다 한국에서 훨씬 두드러지는 것 같다. 자기 내면을 잘 드러내지 않는 한국인이지만 기이하게도 그런 종류의 불쾌감은 너무도 적나라하게 드러낸다. 독일 거지들은 무슨 이유에서인지는 몰라도 유난히 쾌활하고 당당하기까지 했다. 주립도서관 앞에는 머리와 수염이 허연 거지가 반쯤 드러누어 허허 웃고 있었고 공원에는 음악을 크게 틀어놓고 왁자지껄 떠드는 거지떼가 있었다. 거지들은 구걸보다는 사람들에게 말을 거는 것을 즐기는 듯 했고 지나는 사람들도 불쾌감을 드러내지 않고 웃으면서 몇 마디 대화를 나누곤 했다.

아마도 걸인을 대하는 태도 역시 문화의 영향권 내에 있는 것이고 대대로 전수되어 내려오는 것만 같다. 편견과 통념의 지배를 받는다는 점에서 걸인에 대한 태도는 고양이에 대한 태도와 유사하다. 사람들은 사람들끼리 고양이에 대한 편견을 서로 전염시키고 고양이들은 고양이들끼리 인간들에 대한 편견을 주고받으며 그것을 대대로 물려주는 것 같다. 유럽에서는 거의 모든 사람들이 고양이를 귀여워하며, 고양이들도 사람들이 자신들을 좋아한다는 사실을 알고 있고 누구나 그렇다고 생각하고 있다. 그러니까 고양이들도 자연히 사람들을 두려워하지 않는다. 거

내겐 오로지
'위쪽' 밖에는
보이지 않아.

꾸로 한국에서는 사람들이 고양이를 요물로 취급하고 적대시하며, 그에 따라 대개의 고양이들도 사람들을 두려워하고 회피한다. 마찬가지로 우리 사회에서 걸인은 회피와 두려움의 대상이며 걸인들도 사람들을 두려워하고 적대시한다.

사람들은 추하고 지저분한 것, 불완전한 것, 불쌍한 것을 마주 대하기를 원치 않는다. 그리고 자기 안에 그런 것이 있다면 다른 사람들의 눈에 띄지 않게 가리고 덮는다. 사람들은 걸인, 빈자, 노숙자, 장애인, 고아를 보기를 원치 않는다. 그들을 불쌍하다고 동정하기보다는 그들을 바라보고 견뎌야 하는 자신의 불쾌감에 신경을 곤두세우며 그런 이들이 재수가 없다고까지 생각한다. 그것은 입장을 바꿔서 남의 처지를 생각해 주기보다는 편협하게 자신의 기분상태만을 존중하는 이기주의이다.

빈자나 걸인도 이 세상에 갓 태어난 순간만큼은 청결하고 아름다웠을 것이다. 어쩌다 부모를 잘못 만났거나 환경과 형편이 갑자기 악화되었을지도 모른다. 내가 어느 정도 재산을 축적하고 아무 불편없이 먹고 살게 된 대가로 그가 조금 더 가난해졌는지도 모른다. 한 사람의 빈곤은 결코 그 사람 하나만의 책임이 아니라 서로 영향을 주고 받는 사회구성원 전체의 책임이다. 이기주의와 욕심 그리고 과잉경쟁으로 누군가가 부유해지고 반대로 누군가가 빚더미에 올라앉게 되는 것이다. 비록 나의 직접적인 잘못으로 그가 거지가 된 것이 아니더라도, 그의 비참한 모습에 대해 아무런 동요도 느낄 수 없다는 것은 나의 인격의 중대한 결함을 암시해 주는 것이다. 냉담함과 비정함 그것은 걸인의 악취나는 몸보다 훨씬 더 역겨운 속성인 것이다.

기르는 강아지를 진정으로 아낀다는 것은 반갑게 꼬리치는 강아지의 귀여운 모습과 해맑은 눈동자에 도취되는 것으로 그치지 않으며, 강아지의 더러워진 몸을 씻겨주고 상처에 약을 발라주며 병들었을 때 따뜻한 위로의 눈길을 주는 행위로까지 나가는 것이다. 마찬가지로 이 세상을 사랑한다는 것은 세상의 아

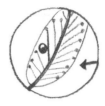

날고 싶어

름다운 경치에 취하는 것 뿐만 아니라 세상의 병들고 곪은 상처
를 안타까운 마음으로 돌보는 것이다.

사상가와 함께 생각하기

나치를 겪은 현대 프랑스 철학자 레비나스는 다음과 같이 말
한다.

"힘없는 타인의 호소를 인정할 때 나의 자유, 나의 자기 실현을 그대
로 무한정 추구할 수 없다. (타인의)얼굴의 현현을 통해 나의 자발성에
제동이 걸린다. 타인의 곤궁과 무력함에 부딪힐 때 나는 내 자신이 죄인
임을, 부당하게 나의 소유와 부와 권리를 향유한 사람임을 인식한다. 타
인에 대한 경험은 내 자신의 불의와 죄책에 대한 경험과 분리할 수 없
다." (A. 138)

"보통 윤리적 요구란 동등한 관계를 전제로 가능하다. 그러나 레비
나스는 진정한 윤리적 평등과 형제애는 인간 사이의 대칭적 관계를 통

해 구축되지 않는다고 생각한다. 타자는 나와 동등한 자가 아니다. 그
는 그가 당하는 가난과 고통 속에서 나의 주인이라고 레비나스는 말한
다. 나는 내 자신을 벗어나 그를 모실 때, 비로소 그때 그와 동등할 수
있다… 그러므로 레비나스는 타자와의 비대칭성, 불균등성이 인간들
사이의 진정한 평등을 이룰 수 있는 기초이고, 이런 의미의 평등만이
약자를 착취하는 강자의 법을 폐기할 수 있다고 생각한다"

(A. 140~141)

유태인이었던 레비나스는 그의 가족을 모두 나치의 가스실에
서 상실하는 고통을 체험했다. 어떻게 하면 전쟁과 이기주의를
말살시킬 수 있는가 하는 문제를 그의 철학의 발판으로 삼으면
서 이 문제를 철학적으로 '어떻게 우리가 타인을 타인으로 받아
들이고 만나고 경험할 수 있는가' 로 바꾸어 사색한다. 타인을
진정한 타인으로 받아들인다는 것은 그의 행위를 내 멋대로 해
석하고 그를 지배하는 것이 아니라 타인을 절대적으로 다르고
낯선 존재, 비대칭적 존재, 즉 내가 마음대로 좌지우지 할 수 없

아이의 낙서

는 존재로서 받아들이는 것이다. 이것은 더 나아가 타인을 나의 주인으로 삼고 내가 그의 노예가 되는 것을 의미한다. 타인 특히 고아나 과부, 걸인의 얼굴에 직면하여 도덕감과 정의감을 회복하고 나의 무한한 소유욕에 제동을 거는 것이다.

이러한 레비나스의 사상을 실천에 옮긴다면 거리를 방황하는 걸인을 보고 내가 너무 내 생각만 하며 살아왔다는 것을 자각하고 그에게 내 것을 아낌없이 나눠줘야 한다고 생각해야 할 것이다. 적어도 그를 보고 불쾌감을 느끼고 적대시하거나 걸인들이 모여드는 공원건설을 반대하는 천박함을 보여서는 안될 것이다. 그들에게 밥을 끓여 먹여주는 인간 천사들도 있음을 잊지 말아야 할 것이다.

❧ 맺는말 ❧

"주는 것에 관심을 기울일 때 우리의 개인적 걱정이 증발되어 버리기 때문에 우리는 또한 받는다. 다른 사람에게 온 마음을 쏟는 것이 우

리 자신에게도 절대적으로 유익하다는 것을 인식할 때, 우리는 단편적
이지만 내적인 평화를 얻는다. 그 순간만은 우리 뒤에 숨어 있는 개인
적인 지옥에서 떠나있기 때문이다." (L. 145)

"우리의 육신이 다른 사람에게 친절의 선물로 주는 수단으로 이용되
는 것, 이것이 우리가 행복해지는 가장 중요한 비결이다." (L. 93~94)

물론 오직 내가 행복해지기 위해서 남을 돕는 것은 아주 얄팍
해 보일지도 모른다. 그러나 그것은 남을 외면하는 것보다 백배
나은 일이다. 남을 돕는 것도 나를 행복하게 한다는 것을 깨닫
는 일은 중요하다. 그리고 내가 어떻게 하면 행복할 수 있는가
를 망각하고 남을 돕는 일에 몰입할수록 내가 더더욱 행복해 진
다는 것도 알아야 한다.

집단 간의 갈등

북한은 28일 '조선반도에 전쟁의 검은 구름이 무겁게 드리워져 있다'
면서 '우리는 제국주의자들이 무력으로 덤벼들 때에는 혁명전쟁으로 대
답할 것'이라고 주장했다. 북한은 이날 평양방송을 통해 '우리 인민과
인민군대는 미제와 그 앞잡이들에 대한 치솟는 분노를 안고 총검과 복수
의 서슬퍼런 총칼을 굳게 틀어 잡았다'면서 '전쟁이 일어나면 총검으로
침략자들을 한 번에 쓸어버리고 민족의 숙원인 조국통일의 역사적 위업
을 기어이 이룩하고야 말 것'이라고 공언했다. (R. 1998. 12. 30)

인간의 감정은 개인뿐 아니라 집단간에도 일어난다. 가족에
서부터 각종 단체와 지방 그리고 민족간에도 갈등이 있고 만일
외계인과의 전쟁이 벌어진다면 별들간의 갈등이 발생될 것이
다. 집단이란 원칙적으로 그 집단을 구성하는 모든 구성원들의
총합이고 집단 전체를 가르키는 용어이다. 그러나 어떤 종류의
동질성을 공약수로 해서 만들어지거나 형성되었든지간에 인간
개개인은 본래 이질적이므로 한 집단 모두의 의견이나 감정의
만장일치란 있을 수 없다. 집단끼리 원수라 할지라도 서로 사

랑하는 로미오와 쥴리엣이 언제든지 있을 수 있고 집안끼리 원수라 할지라도 서로 사돈관계가 될 수 있다. 아버지를 배반하고 적장을 사랑하는 여인은 서양의 비극에서 아주 흔한 줄거리이다.

집단끼리 적대적인 관계라 할지라도 양 집단에 속한 개인간에는 얼마든지 우정이 싹틀 수 있다. 그것은 인간이 모순적 존재이기 때문이 아니라 오히려 인간의 자연적 감정의 원리가 그렇기 때문에 일어날 수 있는 것이다. 즉, 감정의 원리상 개인감정이 집단감정을 얼마든지 극복할 수 있고 집단감정보다 우선적으로 작용할 수 있다. 그리고 인간은 공격성을 가지고 있지만 친화성과 사교성 또한 그에 못지 않다. 인간은 적대관계보다는 친화관계에서 보다 더 큰 행복감을 느끼게 마련이다.

2차대전 속에서 치열한 싸움을 벌인 유럽 국가들과 독일은 현재 마치 서로간에 아무 일도 없었다는 듯이 그렇게 화기애애

힘있는 공간

하게 지내고 있다. 그러나 일본과 우리 민족간의 불화는 아직까지도 활화산처럼 왈칵왈칵 터지고 있다. 물론 과거를 솔직히 인정하고 진심으로 사과하며 피해보상을 하려고 하는 독일과 그렇지 못한 일본의 태도의 차이는 너무 큰 것이기는 하다. 그러나 서양인과 아시아인을 동시에 겪어본 나로서는 서양인이 감정문제에 관한 한 훨씬 더 유연한 자세를 갖는다고 확신한다. 물론 유럽인들간에도 얼마든지 적대관계가 있다. 그러나 감정이 좋지 않은 사람들끼리의 대처방식은 아시아인처럼 그렇게 폐쇄적이거나 경직되어 있지 않다. 예를 들면 서양인은 전처와 결혼한 남자에게도 최소한의 예의를 갖추고 기본적인 우애 감정마저 가지고서 대할 수 있다.

한 민족 한 핏줄이면서도 극도로 폐쇄적이고 경직된 관계는 한반도 바깥 그 어디에서도 찾아보기 힘든 희귀종이다. 거기에는 아무리 역사적 배경이 깔려 있다고 하더라도 남북간 집단감정은 지나칠 정도로 균열되어 있다. 앞의 신문기사를 보면 마치 원수의 목을 베기 위해 시퍼런 칼날을 쓱쓱 갈고 있는 미개한 식인종을 연상시킨다. 인간의 본연적 감정 속에 친화감정이 잠재되어 있다는 것이 믿기지 않을 정도다. 남과 북은 인간이 아니라 목각인형이라도 되는 듯하다.

⚜ 맺는말 ⚜

집단감정보다도 개인간의 감정이 우선적임은 남북관계에서도 드러나게 될 것이다. 소를 끌고 북으로 간 유명인사나 금강산 관광안내원은 이미 그것을 실제로 체험하고 깊이 깨달았을 것이다. 집단감정의 빙하가 집단의 인도자들에 의해 해빙될 수 없다면 개인과 민간 차원에서 그 얼음을 녹이는 작업을 열심히 해낼 수밖에 없을 것이다.

천천히
꿰뚫어 볼 것!

3. 환경에 대한 불만족

소음에 대하여

나는 작은 소도시에서 약간 떨어진 교외에 살고 있다. 집주변은 산과 밭으로 둘러싸여 있고 비교적 아름다운 편이었다. 그런데 어느 날부터 돌연히 반갑지 않은 변화의 회오리바람이 불기 시작했다. 우선 집 근방에서 가장 높은 산 하나가 파헤쳐져 주변 고속도로를 높이는 공사에 사용되었다. 그 다음에는 봄이면 진달래꽃으로 새빨갛게 물들고 꿈 같은 향기를 내뿜던 앞산이 무너졌다. 나무 베는 전기톱 소리, 대형 트럭의 소음과 먼지가 거의 24시간 지속되었다. 무더운 여름날에도 딸깍거리는 기계음 때문에 창문을 닫고 살아야 했다. 밤잠을 설치는 소음에 경찰을 부르기도 해보았으나 아무런 효과가 없었다. 경찰 순찰차가 사라지는 즉시 그들은 태연히 공사를 강행했다. 땅 파는 작업이 끝나자 이제는 의류창고를 건설하면서 거의 5분에 한 번씩 사람을 찾는 방송이 귀를 따갑게 했다.

이것은 이제 사라진 악몽이지만 지금 전국 도처에서 끊임없이 일어나고 있는 일이며 언제 또다시 터질지 모르는 일이기도 하다. 자동차 소음은 깊은 산 속까지 파고 들어가고 있으며 새벽부터 자정 너머까지 인간들이 내는 각종 소음이 우리를 괴롭히고 있다. 심지어 자동차나 오토바이가 미친 듯한 음악을 매달고 달리는 일도 종종 있다.

철학자 칸트는 이웃집 수탉의 울음소리가 시끄러워 이사를 갔고 이사간 집 옆에 있던 감옥에서 들리는 죄수들의 찬송가 소리가 다시 방해가 되어 시장을 찾아가서 불평을 토로했다고 한

대지를 사랑해

다. 소음은 철학자뿐만 아니라 거의 모든 인간에게 알게 모르게 방해가 되고 해를 입히는 것이다. 듣기 싫은 소리를 계속 듣는 것은 마음에 부담과 불쾌감을 주며 그런 정신적 불만족은 신체에도 좋지 않은 영향을 준다. 소음에 대한 불만은 그런 의미에서 일종의 정당한 자기방어인 것이다. 그런데도 우리 사회에서는 종종 소음에 대한 불평이 별일 아닌 듯이 처리되곤 한다.

누군가에게 한 대 얻어맞았다면 가만히 있을 사람은 아무도 없다. 그러나 주변의 시끄러운 소음에 대해서는 묵묵히 참는 사람들이 많고 소음에 대한 불평을 오히려 무례한 행위로 착각하는 사람들도 있다. 소음은 머리 한 대 얻어맞는 것보다 더 큰 고통을 줄 수도 있다. 소음은 우리 영혼에 가하는 폭력이기 때문이다. 그리고 시각적인 방해와는 달리 소음을 방지할 길은 없다. 눈은 감을 수 있지만 귀는 그럴 수 없다.

한 번은 독일에서 기숙사 옆방 친구가 수돗물 떨어지는 소리가 공부에 방해가 된다고 나를 찾아온 일이 있다. 한국의 관용적인 분위기에서 살던 나는 너무도 놀랐었다. 우리는 우리의 몸뿐 아니라 영혼을 생각하면서 살아야 한다. 영혼이 어떤 일로 방해받거나 부자유하다면 우리는 당연히 그 사실을 상대에게 알리고 시정을 요구해야 한다.

우리의 주변 환경에서 우리에게 고통을 주는 것은 소음뿐이 아니다. 소음은 어찌보면 그 많은 부정적인 환경 요인들 가운데 가장 표피적인 현상일지도 모른다. 더 깊이 파고들어가면 공기와 물 그리고 흙의 오염문제는 너무나도 심각한 상태에 있다. 악취와 폐수와 농약이 전국토에 흐르고 있고 심지어 설악산 꼭대기에도 엄청난 양의 쓰레기가 파묻혀 있다. 물론 환경오염 문제는 개인 단독으로 해결할 수 없는 문제이고 정부차원의 자각과 대책이 있어야 한다. 제도 속에서 개인의 의식도 형성되는 것이지만 제도가 개선될 가망이 보이지 않는 한 국민 각자가 스스로 환경의식을 가져야 하고 일상생활에서 쓰레기 하나 하나

산전수전

도 신중히 처리하는 자세를 가져야 한다.

지난 홍수로 떠밀려와서 수원지에 퇴적된 쓰레기는 엄청난 양이었고 그것은 정말로 끔찍한 광경이었다. 우리 국토는 차를 타고 지나가면서 흘깃 보아도 정말로 쓰레기가 너무나 많이 널려 있다는 인상을 준다. 그리고 자연이 훼손되고 개발되는 일이 허다하며 농토나 녹지에는 제초제가 너무 무분별하게 사용되고 있다. 자연은 부서져 있거나 아니면 제초제를 맞아 노랗게 죽어 있다고 해도 과언이 아닐 정도이다.

공장에서 나오는 산업폐기물을 무단 방류하는 것은 국가나 우주를 전체로서 통찰하지 못한 데서 비롯된다. 유독한 물질을 근처 하천으로 흘려 보내는 것이나 먼 산에 묻는 것, 또한 깊은 바다에 빠뜨리는 것은 공장주에게 당장에 어떤 해를 주는 것은 아니다. 그러나 그것은 서서히 독배를 입에 대는 동시에 타인들과 후손 전체에게 독배를 내미는 것과 같다. 언젠가는 환경오염의 나쁜 결과, 때에 따라서 극적인 결과가 반드시 오고야 만다. 왜냐하면 국가, 나아가서 지구 전체는 한 덩어리로 연결되어 있기 때문이다. 즉 바다와 바다, 하늘과 하늘이 어디에나 맞닿아 있다. 당장의 눈앞과 자신이 서 있는 지점 즉 우주의 아주 작은 한 부분만을 염두에 둘 때 환경오염의 심각한 결과는 인식되지 못한다.

✹ 맺는말 ✹

자연환경을 더럽히는 것은 내 집을 더럽히는 일이나 다름없다. 초원에서 자란 아이와 쓰레기와 농약더미에서 자란 아이는 어떻게 다르겠는가? 행복을 위한 모든 조건이 아무리 완벽하게 갖춰졌다하더라도 우리가 마실 물과 공기 그리고 우리가 먹을 흙이 오염되어 있다면 우리의 삶은 모래 위에 지은 집과 같다. 티끌이 모여서 태산이 되듯이, 거꾸로 우리 모두가 티끌 하나라도 조심스럽게 버리고 처리함으로써 태산 같은 쓰레기더미가 생겨나는 것을 미연에 방지할 수 있는 것이다.

풍습에 대하여

인간은 고정적인 존재가 아니라 늘 변화 속에 몸을 담고 있다. 육체의 변화와 그에 따른 마음의 변화는 수동적이며 타성적인 변화라고 할 수 있다. 반면에 자유의지에 의해 자신의 영혼에 새로운 요소를 가미하는 것은 능동적이며 자발적인 변화라고 할 수 있다. 인간은 단순히 피동적으로 운명적으로 변화를 겪고 변화를 당하는 존재가 아니라 얼마든지 창조적으로 스스로를 변화시킬 수 있는 존재이며 발전할 수 있는 존재이다.

인간들이 모인 사회도 이와 마찬가지이다. 사회 역시 창조적 발전을 해야 한다. 개인의 진보가 힘든 것이지만 사회의 변화와 진보는 더더욱 어려운 것이다. 사회적 변화는 개개인의 의식의 변화를 전제로 하는 것이며 여러 가지 복합적인 사회조건의 변화를 전제로 하기 때문이다. 한 사회의 저변에 깔린 인식이나 의식은 통념이며 통념은 풍습으로 표현된다.

새롭게 바뀌지 않는 사회는 인형과 같고 잠자고 있는 상태와도 같다. 타성에 젖은 사회는 상황의 변화에 유연성 있게 대처하지 못하는 목각인형과 같으며 정체와 더불어 퇴보와 몰락 과정에 있다고 해도 과언이 아니다.

어느 사회에나 통념이 있지만 특히 우리 사회는 통념이 최고 진리인 듯 판을 치고 절대화되고 있는 느낌이 든다. 관혼상제나 명절에 관한 관념은 물론이고 그렇게 중요하지 않은 시각 결정과 날짜 결정도 그렇다. 모든 사회와 학교의 개업시간이 일제히 똑같고 퇴근시간과 졸업식 날짜, 시간까지 똑같다. 길일에는 이사와 결혼식이 한꺼번에 몰린다. 어떤 것이 조금 좋다고 소문나면 한반도 반쪽에 지진이 날 정도이다. 그래서 무슨 무슨 음식이나 약품 그리고 전자제품 등은 불티나게 장사가 된다. 진정으로 가치가 있고 개인에게 진정으로 필요하기 때문이 아니라, 단지 잘 팔리고 잘 나가고 유행이기 때문에 너도나도 어떤 것을 구입한다. 이것은 마치 사과 한 알이 떨어지는 소리에 놀라서 도망치는 토끼를 따라 모든 토끼가 줄지어 도망치는 우화를 연

수정같이 맑은 마음

상케 한다. 아무리 어리석거나 부정한 행위라 할지라도 그것이 다수가 하고 있는 관행이고 통념에서 나온 것이라면 마치 잘못이 아닌듯이 버젓이 고개를 들며 보는 이도 그것을 무감각하게 대한다.

색깔이 다르고 형체가 다른 미묘한 개성의 맛은 사라지고 모두들 서로 똑같이 닮아가고 있다. "너희들은 마치 뱀처럼 서로 너무나 똑같아서 구분할 수가 없구나"라는 카프카 소설의 한 구절이 떠오른다. 사람이 몰리는 곳은 끝없이 몰리고 한산한 곳은 너무도 한산하다. 그리고 사람이 몰리는 곳은 너무 몰리기 때문에 서로 부대끼고 서로 괴롭히게 된다.

⚜ 맺는말 ⚜

외국의 어느 고등학교에서는 학생들의 등교시간을 둘로 나누어 자유 선택하게 했다고 한다. 이것은 굉장히 신선한 느낌을 준다. 통념과 남의 눈치를 벗어나 각종 시간과 날짜를 새롭게 개성화하고 개개인의 집과 가구 그리고 옷차림을 보다 개성있게 만든다면 당사자에게 삶의 새로운 맛을 줄 뿐 아니라 그것을 보는 타인들도 인생을 새롭게 느끼게 될 것이다. 더군다나 보고 듣는 것은 21세기의 것이면서 관혼상제나 명절은 19세기 것이라면 그것은 너무나 모순적이며 커다란 괴리가 아닌가?

풍습의 형성에도 필연적인 이유와 배경이 있으며 풍습이 워낙 변화하기 힘든 성질의 것이기 때문에, 풍습을 무조건 배척하고 도외시할 수는 없다. 그러나 풍습의 존재 자체가 하나의 철의 장벽 같은 불쾌감을 주는 것은 부정할 수 없는 사실이다. 더 좋은 신선한 정신적 물결이 들어올 수 있도록 풍습이라는 장애물은 언제나 철거될 준비를 갖춰야 한다.

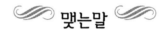

맺는말

그대 마음은 불쾌감을 느끼는 자이지만 불쾌감을 만드는 자이기도 하다. 불쾌감에는 바깥 상황이나 다른 사람들의 행위가 투영되어 있지만 그 속에는 그대의 눈도 들어있다.

불쾌감은 바깥 세상이 그대 눈이라는 프리즘을 통과해서 분산되어 생긴 그림자와 같다. 똑같은 사물이라도 프리즘의 모양과 색깔에 따라 다른 형태의 그림자를 만들어낼 것이다.

바깥 세상이나 타인을 바꾸는 것은 너무도 어렵다. 그것들은 거세게 저항할 것이기 때문이다. 그대 마음의 창을 갈아끼우는 것도 마찬가지로 너무도 어렵다. 그 창은 하루 아침에 갈고 닦아서 생긴 것이 아니기 때문이다.

바깥 세상의 변화는 그대 노력에 비례하여 주어지지 않는 반
면에 그대가 세상을 보는 관점의 변화는 그대 노력에 비례하여
주어질 수 있다. 그러므로 그대 눈을 차츰 바꾸도록 하는 것이
좋다.

그대 눈을 맑고 밝게 가져라.
그러면 불쾌감이 감소되고 행복이 증가될 것이다.

좋은 쪽으로 생각하기 위하여

감정과 이성

우리 마음은 끊임없이 변화하는 카멜레온이다. 평화로운 마음에 갑자기 먹구름이 끼고 비바람이 몰아친다. 나무를 보고 새소리를 듣다가 누군가가 그리워 우울해진다. 음악을 틀고 커피를 마시며 책을 읽는다. 책의 사고를 따라가다가 다른 책이 생각나서 책꽂이 여기저기를 찾아본다……. 우리의 영혼은 쉴새 없이 보고 듣고 맛보고 생각하고 느끼는 작용들의 장소이다.

그런 경험들이 차곡차곡 퇴적되면서 영혼 전체의 색깔도 변화된다. 영혼 속에는 생물적 감각 이외에 가장 중요한 두 개의 중심이 있다. 그것은 감정과 이성이다. 감정과 이성의 능력은 본래 자연 속에서의 생존을 위해서 우리에게 부여된 능력이다. 2+3=5와 같은 인식은 계산이나 논리적 절차를 통해 그 진위를 검증할 수 있는 것이며 합리적 사고의 산물이라면, 희노애락, 미추의 감정은 비록 그 진위가 검증 불가능하나 명료하게 그리고 직접적으로 가슴에 다가오는 비합리적인 느낌의 산물이다.

합리적 사고가 바깥 세상의 존재와 사실을 있는 그대로 받아들인다면 비합리적 느낌은 바깥 세상의 존재가 아니라(보통 주관적이라고 간주되는) 가치를 받아들인다. 이성은 현재의 사실뿐만 아니라 계산과 추리를 통해 미래를 예측하며 자아를 제어한다. 반면에 감정은 미래보다는 지금 여기에서 당장 일어나는 일에 관심을 집중하고 현재에 몰입하여 현재의 문제를 풀도록 자아를 유도한다. 물론 감정도 미래를 내다보며 불안, 초조나 희망을 느낄 수 있다. 그러나 미래에 대해 미리 갖는 기대에서 오는 그런 느낌도 현재 당면하고 있는 문제와 밀접히 연관되는 것이다. 반면에 이성은 현재 문제뿐만 아니라 앞으로 있을 수 있는 아주 새로운 문제에 대해서도 짐작하고 기대하며 계산할 수 있다.

한마디로 이성이 망원경이라면 감정은 현미경이다. 감정과 이성은 둘 다 우리의 생존을 위해 필요한 능력이다. 이성이 감정보다 우월하다는 대다수의 생각은 편견에 불과한 것이다. 즉, 감정이 단지 주관적인 것에 불과하고 이성은 객관적이라는 생각은 잘못된 것이다. 감정에도 객관적인 눈이 섞여 있고 이성에도 주관적인 눈이 혼합되어 있다. 예를 들면 "우주에 끝이 있는가, 없는가"에 대한 판단에서 이성은 주관적 관점을 개입시키지 않을 수 없다.

"우주에 끝이 있는가"처럼 확증될 수 없는 물음뿐만 아니라, 우리 가까이에 있는 친근한 사실에 대한 물음과 판단에도 항상 주관이 개입되게 마련이다. 예를 들면 하나의 교통사고의 원인을 어떤 사람은 운전 부주의로 보며 어떤 사람은 교통표지판의 오류로 본다. 이와같이 이성적 판단이 주관적일 수 있듯이 감정적 느낌도 객관적일 수 있다. 감정도 도둑질이 악하다는 것, 고아가 불쌍하다는 것, 꽃이 아름답다는 것 등 사물의 객관적 가치를 제시해 줄 수 있다.

주관적 틀

아무튼 감정이든 이성이든 주관적인 틀을 내포하고 있다. 우리는 주관적인 틀을 가지고 세상을 보고 느낀다. 주관적 틀은 그것을 통해 우리가 세상을 들여다 보는 프리즘과도 같다. 내가 생각하고 느끼는 세상은 있는 그대로의 세상이라기보다는 나의 주관적 틀이라는 프리즘을 통과해서 맺혀진 세상의 영상인 것이다. 주관적 틀은 성장환경과 교육 그리고 경험과 습관에 의해 점차적으로 형성되는 것으로 어느 특정한 단계에서는 굳어지게 마련이고 타성적인 경향을 띠게 된다. 그러나 그것은 절대로 변경 불가능한 것은 아니다. 대개 늙을수록 완고하다거나 보수적이라는 말은 바로 그런 프리즘이 굳어지고 경직되어 유연성이 없다, 즉 사람이 꽉 막혔다는 뜻이다. 틀의 굳어진 정도는 나이에 비례하기도 하지만 같은 나이라도 개인 차가 크게 벌어질 수 있다.

나는 내 방식대로 세상을 보고 타인을 본다. 즉
내가 본 세상 = 나의 눈 + 세상

내가 처한 상황이나 주변 인간들에 대한 만족, 불만족, 쾌·불쾌의 느낌 역시 똑같은 공식으로 표현 가능하다.

나의 눈 + 상황/인간 = 상황/인간에 대한 나의 감정

온갖 종류의 불쾌감들, 즉, 대개의 상황에서 나 자신의 눈(사고 관점이나 틀, 사고방식)은 겉으로 드러나지 않고, 그 눈에 의해 생겨난 사물에 대한 인식과 판단 그리고 느낌만 드러나게 마련이다. 이것은 텔레비전 내부구조는 보이지 않고 텔레비전 화면 속의 얼굴과 풍경만이 우리 눈에 보이는 것과 마찬가지 이치이다.

분노와 슬픔, 괴로움, 고통, 불안, 우울, 질투, 사랑, 미움, 좌절, 절망, 근심, 걱정, 수치, 모욕감 등에 우리가 휩싸일 때 그런 감정발생에 함께 작용한 우리의 사고의 틀은 거의 의식되지 못한다. 눈앞에는 단지 커다란 감정의 물결만이 일렁거릴 뿐이다. 그리고 우리는 그 감정을 변경 불가능한 타당한 진실로 여기며, 그러면 그럴수록 그 감정은 우리를 탈출 불가능한 감옥 속에 가둔다. 우리는 그 감정에 의해 억압받고 그 감정은 우리의 운명이 되어버린다.

　그러나 우리의 믿음처럼 그 감정은 그렇게 변경불가능한 운명은 아니다. 감정 속에 잠입해 있는 나의 사고방식, 세상 보는 눈을 꿰뚫어 보고 그 눈을 바꾼다면 감정도 저절로 바뀌게 된다.

　변경된 눈 + 상황/인간 = 상황/인간에 대한 변경된 감정

사고 틀의 변화로 감정 바꾸기

　그러면 우리는 불쾌감과 절망 같은 부정적인 느낌에서 탈출하기 위해서 어떤 사고방식을 가져야만 하는가? 무수한 행복론, 지혜론, 명상 서적, 처세술 등이 바로 그런 사고방식들을 제시하려고 시도하고 있다. 그러나 감정과 집착을 모두 끊으라는 명상적 종교적 교훈은, 인간이 천부적으로 감정의 능력을 가진 한, 너무도 비현실적이다. 그리고 이러저러하게 행위하며 난처한 상황을 빠져나가라는 처세술 역시 우리를 겉과 속이 다른 이중 인간으로 전락시킬 위험이 있다. 우리를 깨달음으로 인도하려는 지혜론 역시 너무도 추상적이고 포괄적이다.

　이 책은 불쾌하고 불행한 삶의 구체적인 상황을 예로 들은 다음, 어떤 사고방식의 도입으로써 그런 불쾌한 감정을 벗어날 수 있는가를 제시하려고 시도했다. 세상을 바꾸거나 행위방식을 바꾸기보다는 나의 머리를 바꿀 것을 제안하며 머리를 바꾸되 단순히 지혜의 양을 증가시킬 것이 아니라 사물과 타인을 보는 눈, 즉 사고의 틀, 사고 관점을 바꿀 것을 제안한다.

이 세상에는 불행의 상황과 종류가 너무나 다양하다. 나 혼자만의 경험과 지혜로는 그 많은 경우들을 감당하기 어렵기 때문에 에피쿠로스, 쇼펜하우어, 스피노자, 흄, 레비나스 같은 철학자들의 정념론 및 윤리학을 도입했고, 요가수트라, 바가바드기타, 탈무드, 카톨릭 서적, 도덕경 등의 종교적 경전 그리고 융의 심리학과 릴케나 타고르의 시집까지도 응용해 보았다.

위로의 철학

철학은 삶의 문제를 해결하는 데 어떻게 응용 가능한가?

1) 철학은 대중적 접근이 불가능한 아주 난해한 분야로 알려져 있다. 그러면서도 철학은 어느 학문 분야보다도 대중의 우선

적인 관심과 사랑을 받고 있다. 철학이 삶의 방향과 가치를 제시하는 삶의 철학, 삶을 위한 철학, 인생철학이라는 믿음이 지배적이기 때문이다. 철학을 쉽게 풀이한다면 얼마든지 삶의 문제에 응용 가능하다. 예를 들면 철학을 삶에 응용 가능하도록 에세이식으로 쉽게 풀이한 것이 바로 내가 쓴 『삶과 사랑을 위한 철학노트 196』이다. 어떻게 행위할 것인가, 선악이란 무엇인가를 다루는 윤리학(가치론)은 삶에 응용되는 철학의 가장 중요한 분야에 속한다.

2) 그 다음으로 체계적 사고의 테크닉을 제공할 수 있는 논리학은 거의 모든 학문 분야에 두루 응용 가능하고 삶 속의 대화에도 응용 가능하다. 수, 물질, 생명, 인간 등의 개념에 대한 철학적 정의 역시 각 학문 분야에 기초를 제공할 수 있다.

3) 마지막으로 미흡하나마 철학도 종교와 유사하게 위안을 줄 수 있다. 철학의 눈은 종교와 마찬가지로 속세적 삶과 가치관을 초월해 있다. 그런 면에서 볼 때 철학은 원칙적으로 한 발짝 떨어져서 거리를 두고 삶을 바라보게 할 수 있다.

물론 철학은 본래적으로 위안과 행복을 위해 존재하는 것이 아니라 오로지 진리를 위해 존재하는 것이다. 진리가 우리를 반

드시 행복하게 해준다는 보장은 없다. 인생은 유한하고 고해라
는 것, 암환자의 남은 생존기간이 몇 개월이라는 것을 아는 것
은 당사자에게 결코 행복을 줄 수 없을 것이다. 니체는 '이 세상
의 진실을 있는 그대로 들여다 본다면 우리는 비참해질 것이므
로 예술이 필요하다. 예술은 우리가 살기 위해 필요로 하는 거
짓말이다' 라고 말했다. 보다 많이 깨달은 소크라테스일수록 보
다 고통스러운 법이다.

　어떤 철학 때문에 불행한 기분이 된다는 것은 보기 드문 현상
일 것이다. 대개의 철학은 이해하기 어려우며 따라서 어떤 철학
을 개인적 실존의 문제에 적용시켜서 자신의 삶을 해석하고 결
론 내린다는 것은 보기 드문 일이기 때문이다. 그러나 만일 철
학을 이해하기 쉽게 풀이한다면 철학에 따라서는 우리의 불만
족을 해소하고 상쾌한 기분이 되도록 만들 수도 있다. 철학적
사고는 매우 다양하며 어떤 철학은 우리를 불행으로 또 다른 철
학은 행복으로 인도할 수 있다. 그리고 똑같은 철학이라도 해석
하기 나름에 따라 보다 밝은 인생관으로 유도할 수 있다.

　이 책에 응용된 철학적 사고 가운데 가장 중심적인 것은 사물

자체보다는 사물을 보는 주관을 강조하고, 우리가 보는 사물의 모습은 사물 그 자체라기 보다는 우리 주관이 형성하고 구성한 것이라는 현상학적 철학이다. 똑같은 상황이라도 주관에 따라 만족을 줄 수도 있고 불만족을 줄 수도 있으므로, 만족한 삶을 위해서는 상황을 바꾸기에 앞서 우선 주관을 바꾸라는 이 책의 기본 사상은 후설에서 비롯된 현상학이다. 쾌·불쾌나 애증을 비롯한 모든 감정의 본질과 법칙에 대한 나의 거의 모든 전제는 막스 셸러의 감정론에서 빌어온 것이다. 셸러 역시 중요한 현상학자 가운데 한 사람이다. 이 책을 쓰기 시작할 때 우선 나는 불쾌감을 극복할 수 있는 사고방식을 50개 정도 구상했고 거기에 맞는 철학사상과 종교사상을 뽑아내기도 하고, 거꾸로 여러 책들을 읽으면서 불쾌감을 극복할 수 있는 새로운 사고방식을 고안해내기도 했다.

우리의 삶은 파도처럼 행·불행 사이를 출렁이며 오르내린다.

"우리는 서로 타인의 생활을 즐겁게 할 수도 있지만 괴롭게 할 수도 있다. 서로 신뢰하고 또 반드시 상대방의 잘못이 아닌데도 실망할 수가 있다… 이성간의 애정이라는 것도 자칫하면 잔인한 정욕의 상태로 전락하고 만다. 일하는 의욕이 있기에 세상은 발전하고 인간이 성숙하

는 것이지만 한편… 일은 고통스럽다"(카톨릭 신앙입문, 화란 〈새교리
서〉, 광주 카톨릭대학 전망 편집부역 28-29)

이 세상에 만족과 행복이 매우 희귀한 현상이듯이, 철학공부
를 한 나 역시 소크라테스의 후예로서 항시 어떤 면에서이든지
간에 불만족 및 불행과 함께 해왔다. 그리고 어느 날 돌연히 철
학적 사고를 삶의 불쾌한 상황에 적당히 적용하면 불쾌감을 벗
어날 수 있지 않을까 하는 영감이 뇌리를 스치고 지나갔다. 이
미 생성된 불쾌감을 아주 깨끗이 소멸시켜버린다는 것은 불가
능하다. 그러나 철학적 사고방식의 도입으로 내가 갖고 있는 습
관적 사고의 틀을 바꾼다면 불쾌감은 이전보다 좀더 작은 크기
로 발생될 것이며, 이미 발생된 불쾌감도 조금은 줄어들며 조금
이나마 위로를 느낄 수 있을 것이다. 사고방식의 전환은 하루아
침에 이루어지는 것이 아니므로 새로운 사고방식이 몸과 영혼
깊숙히 들어앉을 수 있도록 끊임없이 되새기고 실천하도록 노
력해야 한다.

감정과 이성은 비록 서로 이질적인 본질을 갖지만 실제적 삶
에서 상호 영향을 주고 받는다. 감정은 생각을 바뀌게 만들고

생각은 감정을 변화시킬 수 있다. 누군가 내게 피해를 준다면 나도 그에 대한 다른 판단을 내리게 된다. 누군가를 미워하면 그의 부정적인 면만을 자꾸 찾게 되는 것이다. 거꾸로 사랑하는 사람에 대한 판단이 달라지면 사랑하는 감정도 변할 수 있고 미운 사람에 대한 판단이 달라지면 미워하는 감정이 변하게 된다.

이 책은 어떤 보편적 원리에 대한 깨달음으로 부정적인 감정들을 변화시키려는 시도이다. 즉 우리를 불쾌감으로 이끄는 사고방식을 만족과 평정으로 이끄는 사고방식으로 교체시키려는 시도이다.

끝으로 한번 더 강조할 것은 인간은 나름대로의 사고 틀을 가지고 살아간다는 것이다. 내가 나의 사고 틀을 갖는 한 그렇게 생각하고 느낄 수밖에 없듯이 타인도 그렇다. 나를 비난하고 타인을 비난하기 전에 우선 그렇게 생각하고 느낄 수밖에 없는 필연성을 인정해줘야 한다. 나의 사고방식을 타인에게 투사하거나 타인에게 강요하는 것은 한편으로는 어쩔 수 없는 일이면서도 다른 한편으로는 부당한 일이다.

우리 민족은 대체로 합리적이라기보다는 감정적이며, 미래를 내다보기보다는 당장의 기분에 휘말리는 경향이 있다. 요즘같은 경제난국의 시대에는 더욱 더 많은 이들이 불만족과 불행의 폭풍 속에서 깨지고 부서지고 있을 것이다. 아무튼 이 책을 통해 많은 이들이 조금이나마 위안을 찾았으면 한다.

어려운 시대 상황 속에서도 철학에 대한 사랑을 잃지 않고 세상에 빛을 전달하기 위해 끊임없이 날갯짓하시는 철학과현실사 사장님께 감사드린다.

불만족의 뿌리를 조금씩 뽑아내면서
99년 봄 조정옥

P.S : 이 책의 삽화(만다라 그림)들은 미술치료 이론에 따라
나 자신이 직접 자유분방하게 그려본 것이다.

이럴 땐 이런 음악

1. 피곤할 때 듣는 상쾌한 음악

비발디 바이올린 협주곡 '사계' 중 제1곡 '봄'

헨델 모음곡 '수상음악'

헨델 합주 협주곡집 제2번 F장조 op.6-2

하이든 현악 4중주곡 제17번 F장조 '세레나데' op.3-5

라벨 피아노곡 '물의 유희'

라벨 '고귀하고 감상적인 왈츠'

2. 불안한 마음을 진정시키는 음악

바흐 '환상곡과 푸가' g단조 BWV-542

바흐 '토가타와 푸가' BWV-565

바흐 '푸가' g단조 BWV-578

바흐 '미사' b단조 BWV-232

쇼팽 피아노곡 '스케르쪼' 제1번 b단조 op.20

부르흐 환상곡 '콜 니드라이' 제1부

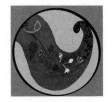

3. 우울한 기분이 들 때

헨델 오라토리오 '메시아'

모차르트 교향곡 제40번 g단조 K.550

모차르트 피아노 협주곡 제20번 d단조 K.466

모차르트 현악 5중주곡 제4번 g단조 '죽음과 소녀'

쇼팽 피아노 소나타 제2번 bb단조 '장송행진곡' op.35

슈만 피아노 5중주곡 Eb장조 op.44 중 제2악장

알비노니 '아다지오'

시벨리우스 교향곡 제2번 D장조 op.43

4. 불안, 욕구 불만, 울분 등을 떨치게 하는 음악

헨델 모음곡 '왕궁의 불꽃놀이 음악'

하이든 교향곡 제94번 G장조 '놀람'

하이든 교향곡 제100번 G장조 '군대'

무소르그스키 '전람회의 그림'

생상스 '서주와 론도 카프리치오소'

리스트 교향시 '전주곡'

시벨리우스 교향시 '핀란디아' op.26

라벨 피아노협주곡 G장조

5. 미움, 질투심을 부드럽게 하는 음악

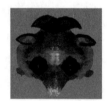

바흐 '미사' b단조 BWV-232

바흐 오라토리오 '크리스마스' BWV-248

바흐 '마태 수난곡' BWV-244

사라사테 '찌고네르바이젠'

베르디 오페라 '운명의 힘' 서곡

6. 온화한 기분이 되게 하는 음악

비발디 플루트 협주곡 제1번 D장조 '홍방울새'

헨델 합주 협주곡 제2번 F장조 op.6-2

바흐 브란덴부르크 협주곡 제5번 D장조 BWV-1050

바흐 관현악 모음곡 제3번 D장조 중 제2곡 'G선상의 아리아' BWV-1068

라벨 피아노곡 '거울' 중 '대양 위의 작은 배'

라벨 피아노곡 '물의 유희'

7. 밝고 경쾌해지는 음악

바흐 이탈리아 협주곡 F장조 BWV-971

모차르트 '봄의 동경'

모차르트 호른 협주곡 제3번 Eb장조 K.447

모차르트 호른 협주곡 제33번 D장조(하프너)

베토벤 교향곡 제8번 F장조 op.93

베토벤 바이올린 소나타 제5번 F장조 '봄' op.24

슈베르트 악흥의 시 제3번

멘델스존 가곡 '노래의 날개 위에' op.34-2

8. 사색할 때 듣는 배경 음악

바흐 샤콘누 d단조

바흐 비올라 다 모레 소나타

바흐 첼로 모음곡

모차르트 현악 4중주곡 제17번 Bb장조 '사냥'

슈만 '어린이의 정경' op.15 중 '트로이메라이'

브람스 하이든의 주제에 의한 변주곡 op.56a

브람스 바이올린과 첼로를 위한 2중협주곡 a단조 op.102

드보르작 첼로 협주곡 b단조 op.104
말러 교향곡 '대지의 노래'
드뷔시 피아노 소나타 '물의 반영'
드뷔시 모음곡 '베르가마스크'
라벨 피아노곡 '물의 유희'

9. 기억력을 높여 주는 배경 음악

쿠프랭 '클라브생곡집'
비발디 플루트 소나타 '충실한 목동'
비발디 합주 협주곡 '조화에의 영감'
헨델 '흥겨운 대장간'
바흐 파사칼리아 c단조 BWV-582
바흐 골드베르크 변주곡 BWV-988
바흐 바이올린 협주곡 E장조 BWV-1042
바흐 2개의 바이올린을 위한 협주곡 d단조 BWV-1043
바흐 브란덴부르크 협주곡 제3번 G장조 BWV-1048
베토벤 바이올린과 현악을 위한 '로맨스' 제1번 G장조 op.40
베토벤 피아노곡 '엘리제를 위하여' WoO.59
쇼팽 피아노곡 '24개의 전주곡' 제15번 Db장조

요한 슈트라우스 왈츠 '아름답고 푸른 도나우' op.314

브람스 왈츠 제5번 Fb장조

무소르그스키 모음곡 '전람회의 그림'

차이코프스키 현악 4중주곡 제1번 D장조 제2악장 op.11

크라이슬러 '아름다운 로즈마린' op.55

라벨 무곡 '볼레로 Bolero'

10. 점점 자신이 생기는 음악

헨델 합주 협주곡집 제5번 D장조 op.6-5

하이든 현악 4중주곡 제77번 C장조 '황제' op.76-3

모차르트 교향곡 제41번 G장조 '주피터' 중 제4악장

베토벤 교향곡 제3번 Eb장조 '영웅' op.55 제4악장

베토벤 피아노 협주곡 제5번 Eb장조 '황제' op.73

베토벤 피아노 3중주곡 제7번 Bb장조 '대공' op.97

쇼팽 폴로네이즈 제6번 Ab장조 '영웅' op.53

바그너 오페라 '탄호이저' 서곡

베르디 오페라 '아이다' 제2막 '개선행진곡'

생상스 교향곡 제3번 c단조 op.78 중 제2악장

11. 수면으로 이끄는 배경 음악

바흐 골드베르크 변주곡 BWV-988

모차르트 자장가

슈베르트 가곡 '아베 마리아' D.839

슈베르트 가곡 '자장가' D.498

멘델스존 극음악 '한여름밤의 꿈' op.21, 61

구노 가곡 '아베 마리아'

브람스 가곡 '자장가' Eb장조 op.48-4

브람스 '수면의 정'

쇼송 바이올린과 오케스트라를 위한 '시곡' op.25

드뷔시 피아노 소나타 '꿈'

드뷔시 피아노 소나타 '비오는 정원'

라벨 무용 모음곡 '마 메르 르와' 중

라벨 '잠자는 숲의 요정 파반'

12. 상쾌한 아침 기상을 위한 배경 음악

모차르트 '터키행진곡'

바흐 브란덴부르크 협주곡 제5번 D장조 BWV-1050

마르티니 아리아 '사랑의 기쁨'

로시니 오페라 '빌헬름 텔' 서곡 제1부 '여명'

슈베르트 가곡 '세레나데(들어라 들어라 종달새를)'

멘델스존 극음악 '한여름밤의 꿈' 중 서곡

리스트 '라 캄파넬라'

요한 슈트라우스 왈츠 '아름답고 푸른 도나우' op.314

드보르작 '유모레스크' op.101-7

엘가 '사랑의 인사'

그리그 모음곡 '페르귄트' 제1모음곡 중 '아침의 기분' op.46

그로페 모음곡 '그랜드캐년' 중 '일출'

13. 사랑의 속삭임을 북돋워 주는 배경 음악

모차르트 교향곡 제39번 E♭장조 K.543 중 제2악장

하이든 현악 4중주곡 제17번 F장조 '세레나데' op.3-5

베토벤 바이올린과 현악을 위한 '로맨스' 제2번 F장조 op.50

베를리오즈 '환상 교향곡' C장조 제1악장 op.14a

쇼팽 피아노곡 '즉흥곡' c#단조 '즉흥환상곡' op.66

슈만 피아노와 오케스트라를 위한 환상곡 f단조

슈만 환상곡 C장조 op.17 제3악장

슈만 '어린이의 정경' op.15 중 '트로이메라이'

슈만 '시인의 사랑'

리스트 피아노곡 '사랑의 꿈' 제3번 Ab장조

구노 가곡 '세레나데'

비제 '스페인의 세레나데'

바달체프스카 '소녀의 기도'

마스네 '타이스의 명상곡'

토스티 가곡 '세레나타'

크라이슬러 '사랑의 기쁨'

14. 피부가 거칠어서 바삭바삭할 때

바흐 '토카타와 푸가'

크라이슬러 '사랑의 기쁨'

포레 '꿈을 따라서'

바다르체프스카 '소녀의 기도'

리스트 '라 캄파엘라'

15. 식탁을 풍성하게 하는 배경 음악

텔레만 '타펠 무지크'

바흐 관현악 모음곡 제2번 B장조

모차르트 디베르티멘토

모차르트 세레나데 제13번 G장조

모차르트 '아이네 클라이네 나하트 무지크' K.525

쇼팽 왈츠 제6번 Db장조 '강아지' op.64-1

쇼팽 왈츠 제9번 Ab장조 '고별' op.69-1

왈츠 '봄의 소리' op.410

비제 모음곡 '아를르의 여인'

무소르그스키 모음곡 '전람회의 그림'

크라이슬러 '아름다운 로즈마린'

〈인터넷사이트 http://jnjmuse.cnei.or.kr/impression〉

이럴 땐 이런 색

빨간색 : 부부관계나 성적인 것에 무관심한 사람, 임신과 생리에 문제가 있는
여성, 무감각하고 냉정하며 생각이 지나치게 많은 사람에게 좋다.

주황색 : 침울하고 우울한 사람, 무감각한 사람, 사회성이 부족한 사람, 호흡
이 짧은 사람이나 간질 환자에게 좋다.

노란색 : 학문이나 지적인 일을 하는 사람에게 도움이 된다.

초록색 : 마음의 진정과 평화를 준다.

파란색 : 신체를 이완시켜 주고 마음을 고요하게 해주는 효과가 있다. 어려운
상황에서 인내심을 준다. 자신감과 안정이 필요한 사람. 불안한 상황이거나 수
줍어하는 사람에게 좋다.

흰색 : 머릿속이 복잡하거나 불안할 때 좋다. 새로운 일을 시작할 때 도전 의식
을 높여 준다.

검은색 : 슬픔이나 우울 등의 감정, 억압된 정서를 표현하려는 사람에게 자신

의 상황을 자유롭게 표출하게 해준다.

회색 : 흥분을 가라앉히거나 과도한 생각을 자제하는 데 도움을 준다.

갈색 : 우울증, 췌장에 문제가 있는 사람에게 좋다. 감정을 억제하는 효과가 있다.

보라색 : 의기소침, 우울증, 감정의 기복이 심한 사람, 신경성, 심경 변화가 심한 사람, 숨쉬는 데 어려움이 있는 사람(파란 보라). 신진대사의 변화가 심한 사람(빨간 보라)에게 좋다. 창의성을 높이고 직관력과 개성을 개발하게 해준다.

265

이럴 땐 이런 영화

사랑하고 싶을 때
브리짓 존스의 일기
그여자 작사 그남자 작곡
로맨틱 홀리데이
어바웃 어 보이
세크리터리
왓 위민 원트
M 버터플라이
초콜릿
러브 액츄얼리

애인과 갈등을 겪을 때
사랑해도 참을 수 없는 101가지
브렌단 앤 투르디
썸원 라이크 유
쥬드
내남자친구는 왕자님
트리스탄과 이졸데

댄 인 러브

질투에 빠져 있을 때
매치 포인트

피아노

내가 쓴 것

금지된 사랑(프)

언페이스풀

라빠르망

상대방의 바람기로 고민할 때
슬라이딩 도어즈

에딕티드 러브

애수-사랑의 슬픔-(랄프 파인즈 주연)

글루미 선데이

프렌치 키스

성에 대한 관심이 커질 때
O의 이야기

감각의 제국

베터 덴 섹스
몽정기

결혼에 대해 생각하고 싶을 때
청혼
네 번의 결혼식과 한 번의 장례식
내 남자친구의 결혼식
당신이 잠든 사이에
뮤리엘의 웨딩
파니 핑크
웨딩 싱어

부부간의 갈등이 심할 때
부부일기
장미의 전쟁

우정에 대해 생각할 때
브로크다운 팰리스
디셉션

자아에 대해 생각할 때

존 말코비치되기

예스맨

라비앙 로즈

에반 올마이티

내니 다이어리

아멜리에

여행을 떠나고 싶을 때

터키의 이스탄불

미드나잇 익스프레스

이탈리아 베네치아

온리 유

베트남

시클로

티벳

티벳에서의 7년

삼사라

일본 홋카이도
철도원
러브 레터

그리스
지중해

인도차이나
인도차이나

이탈리아 피렌체
일 포스티노

프랑스 파리
뉴욕에서 온 남자 파리에서 온 여자
애프터 선셋

프랑스 프로방스
향수

오스트리아 비인
비포 선라이즈

부유해지고 싶을 때
슬럼독 밀리어네어
귀여운 여인
사랑한다면 이들처럼
카운터 페이터

모든 것의 허무를 느낄 때
노잉
투모로우
벤자민 버튼의 시간은 거꾸로 간다
몬테 크리스토
쇼생크 탈출
타임 머신

어머니가 그리울 때

에이 아이

복수하고 싶을 때

미스틱 리버

메멘토

베니스의 상인

클래식 음악에 취하고 싶을 때

피아니스트

비투스

아마데우스

세상의 모든 음악

파리넬리

불멸의 연인

명화에 취하고 싶을 때

진주귀걸이

폴락

자식에 대해 염려될 때
비투스

체인질링

살고 있는 집에 문제가 있을 때
디 아더스

4층

몬스터 하우스

자연 속에 파묻히고 싶을 때
버터 플라이

마이크로코스모스

이상사회를 꿈꿀 때
뷰티풀 그린

타인에 대한 불신이 느껴질 때
바디 스내치

야연

팜므 파탈

영혼에 대한 관심이 일 때

슬리피 할로우

킹덤

판의 미로

일루셔니스트

1408

외모에 대한 불만이 느껴질 때

미녀는 괴로워

어글리 우먼

몸과 마음의 힘과 자유를 얻고 싶을 때

톰과 제리

※ 주석: 이와 같이 삶의 여러가지 어려운 상황에 도움이 되는 음악과 색, 그리고 영화를 열

거하였다. 그러나 인간의 영혼은 너무나도 복잡미묘하고 심오하며 각 개인의 개성

또한 천갈래 만갈래이므로 그 효과를 확실히 보증하기는 어렵다.

참고서적

A. 엠마누엘 레비나스, 시간과 타자, 강영안역, 문예

B. 알렉시스 카렐, 인간, 이 미지의 존재, 이희구역, 한마음사

C. 데이비드 흄, 정념에 관하여, 이준호역, 서광사

D. 에드워드 암스트롱 베넷, 한권으로 읽는 융, 김형섭역, 푸른숲

E. 아루트르 쇼펜하우어, 쇼펜하우어 잠언록, 차근호역, 혜원

F. 칼릴 지브란, 모래. 물거품, 정은하역, 진선

G. 김상일, 카오스와 문명, 동아

H. 에피쿠로스, 쾌락의 철학, 조정옥역, 동천사

I. 파탄잘리의 요가수트라, 정창영 송방호편역, 시공사

J. 파스칼, 팡세, 정봉구역, 육문사

K. 조정옥, 나무가 내게 가르쳐준 것들, 철학과 현실사

L. 잠폴스키, 사랑만을 위한 철학, 위미숙역, 천지서관

M. B.스피노자, 에티카, 강영계역, 서광사

N. 마빈 토케이어, 탈무드, 정성호역, 오늘

O. 류성민, 종교와 인간, 한신대출판부

P. 니콜라이 하르트만, 윤리학, 베를린 1962

R. 동아일보

S. 조정옥편, 고슴도치의 반쪽 꾀, 동천사

T. 앤소니 드 멜로, 행복한 삶으로의 초대, 분도, 송형만역

U. 노자, 도덕경, Tao-Te-King, Stuttgart 1979

V. 라이너 마리아 릴케, 형상시집, 책세상, 김재혁역

W. 라이너 마리아 릴케, 릴케시선, 을유문고 52, 구익성역

X. R. 타골, 타골시선, 을유문고7, 유영역

Y. 르네 데카르트, 정념론, 삼성세계사상12, 김형효역

Z. 아리스토텔레스, 윤리학, 민성사, 최민홍역

α. 바가바드기타, 현음사, 길희성역

β. 카톨릭 성가집, 한국천주교중앙협의회

(인용은 본문 팔호안에 ABCD…와 페이지 수만으로 표기했다)

행복하려거든 생각을 바꿔라

지은이   조정옥

1판 1쇄 발행   2009년 9월 25일
1판 1쇄 인쇄   2009년 9월 30일

발행처   철학과현실사
발행인   전춘호

등록번호   제1-583호
등록일자   1987년 12월 15일

서울특별시 종로구 동숭동 1-45
전화번호 579-5908
팩시밀리 572-2830

ISBN 978-89-7775-701-1 03810
값 9,000원

●잘못된 책은 교환해 드립니다.